KB114186

내 손끝의 탑스타

내 손끝의 탑스타 13

박끌 장편소설

초판 1쇄 찍은 날 § 2018년 10월 16일
초판 1쇄 펴낸 날 § 2018년 10월 23일

지은이 § 박끌
펴낸이 § 서경석

총괄팀장 § 최하나
편집책임 § 신보라
디자인 § 신현아

펴낸곳 § 도서출판 청어람
등록번호 § 제387-1999-000006호
등록일자 § 1999. 5. 31
어람번호 § 제1-2965호

주소 § 경기도 부천시 부일로 483번길 40 서경B/D 3F (우) 14640
전화 § 032-656-4452   팩스 § 032-656-4453
http://www.chungeoram.com
E-mail § chungeorambook@daum.net

ISBN 979-11-04-91849-0 04810
ISBN 979-11-04-91513-0 (세트)

박곬 장편소설

FUSION FANTASTIC STORY

내 손끝의 탑스타

13

청어람 도서출판

Contents

1장

꿈의 소녀들 II

환호성이 조금씩 잦아들었다. 김정우가 엘시와 멤버들을 향해 고개를 끄덕여 보였다. 공개홀을 찾은 수많은 팬의 시선이 엘시와 멤버들에게로 모아졌다.

"하나, 둘, 셋! 하이! 헬로! 안녕? 엘시입니다! 어… 그리고 여기는 우리 멤버들이에요! …근데 왜 이렇게 어색하지?"

엘시와 멤버들이 팬들을 똑바로 쳐다보지 못했다.

드림걸즈 팬덤만큼 우여곡절을 많이 겪은 팬들도 드물었다. 엘시 탈퇴와 S&H 계약 파동, 그리고 멤버들까지 어울림으로 이적을 하며 연예계를 떠들썩하게 만들었다. 또 걸즈파워 대신 드림걸즈라는 새로운 그룹명을 사용하게 되었다.

엘시와 멤버들이 잠을 줄여가며 앨범 작업을 서둘렀지만, 그래도 팬들에게는 미안한 마음이 생길 수밖에 없었다.

"......"

"......"

엘시와 멤버들이 죄스러운 마음으로 팬들을 둘러보았다. 정말 많은 팬이 공개홀을 찾아주었다. 익숙한 얼굴도 여럿 보였다.

엘시를 비롯해 멤버들의 눈동자에 눈물이 고였다. 여성 팬들도 따라서 눈물을 흘리기 시작했다.

고석훈이 급히 손수건을 꺼내려 했지만 김정우가 손을 들었다.

"놔둬요, 석훈 씨. 기쁨의 눈물이니까."

"예, 실장님."

고석훈이 다시 손수건을 집어넣었다.

"울지 마! 울지 마!"

팬들이 한목소리로 외치기 시작했다. 목소리를 내기 시작하는 팬들 중에 익숙한 얼굴이 보였다. 엘시의 팬으로 공중파 뉴스에도 나왔던 김대식이었다. 그 옆에는 크리스마스에 만났던 김대식의 친구들도 보였다.

절대 아이돌 가수 팬이 될 생각은 없다던 친구들의 등장에 엘시가 반가운 얼굴을 했다. 살랑살랑, 손을 흔들며 인사를 했다.

"다, 다연아! 오빠들이 왔다!"

"다연 씨, 접니다! 기억나죠? 대식이 친구!"

"조용히 해! 여기서는 엘시라고 해야지!"

김대식이 핀잔을 주었지만 친구들은 막무가내였다. 결국 엘시가 울다 웃었다.

"봐! 웃잖아!"

"멍청이 바보짓을 하는데 안 웃겠냐?"

"너희들, 조용히 좀 해! 아님 그냥 가던지! 왜 따라와서 소란인데?"

친구들이 실랑이를 벌였고, 김대식은 그걸 제지하느라 진땀을 흘리고 있었다. 엘시뿐만 아니라 다른 멤버들도 웃기 시작했다. 김대식과 친구들 덕분에 분위기가 밝아졌다.

엘시가 마음을 추스른 다음 입을 열었다.

"오늘 공개홀까지 찾아와 주셔서 정말 감사합니다! 오늘 좋은 무대 보여 드릴게요! 기대하셔도 좋아요! 앨범 정말 열심히 만들었거든요!"

엘시가 팬들을 향해 소리쳤다. 뒤이어 크리스틴이 말을 이어받았다.

"저희, 이번 앨범은 국내 활동에만 주력할 생각이니까 자주

자주! 많이 만나요! 예능 프로도 많이 나갈 테니까!"

"저랑 연희도 중국 안 가요! 당분간 활동 접음! 머리카락도 짧게 바꿈!"

유나도 신이 나서 소리쳤다.

와아아! 팬들이 서로를 껴안고 기뻐했다. 한류 아이돌인 만큼 기존의 걸즈파워는 앨범 출시와 동시에 일본이나 동아시아권에서 활동을 하느라 국내 팬들을 등한시하는 경우가 대부분이었다.

하지만 엘시와 멤버들이 국내 활동에 전념을 하겠다고 약속을 했다.

"어울림 만세! 김정우 실장님 만세! 김현우 대표님 만세!"

팬들이 환호했다. 김정우가 팬들을 향해 손을 흔들어주었다. 심지어 자리에 없는 현우까지 팬들이 거론했다. 손을 흔들려던 고석훈은 자신의 이름이 나오지 않자 다시 조용히 손을 내렸다.

"조금 이따가 봐요!"

엘시의 인사를 끝으로 드림걸즈 멤버들이 공개홀 안으로 향했다.

*　　　*　　　*

"거, 걸즈파워 선배님들이다!"

"대박! 진짜 오늘 컴백이었어?"

"와! 완전 신기해!"

복도에 후배 아이돌이 우르르 몰려나와 있었다. 크리스틴이 손을 들어 후배 아이돌을 지목했다.

"걸즈파워 아니야. 드림걸즈로 정정해 줄래, 후배님?"

"죄, 죄송합니다! 선배님!"

"죄송할 것까지야."

크리스틴이 살짝 웃어주었다. 여기저기서 대박! 이라는 소리가 새어 나왔다. 송지유처럼 드림걸즈도 후배 아이돌들에게는 선망의 대상이었다.

멤버들이 최정상 걸 그룹의 포스를 뿜어내며 복도를 걸었다. 후배 아이돌들은 드림걸즈 멤버들을 구경하느라 여념이 없었다.

"헤헤. 안녕?"

"유나, 너. 헤프게 웃지 마."

엘시가 경고를 했다.

아이돌의 세계는 치열하다. 겉으론 웃지만 속으론 별의별 말이 다 오고가는 곳이 바로 이곳이었다. 특히 지금처럼 모든 이목이 드림걸즈에게 쏠려 있을 땐 더 조심해야 했다. 호의적인 기사를 쏟아내고 있는 언론이나 대중과는 영 반응이 달랐다.

아이돌에게 있어서 이미지는 정말로 중요하다. 하지만 드림 걸즈 멤버들은 큰 사건을 겪었고, 그룹명까지 바꾸었다. 이번 앨범에서 기존과 크게 달라진 것이 없다면 대중들은 금방 흥미를 잃을 것이라는 게 가요계 관계자들의 평가였다.

지금도 복도에 나와 있는 일부 기획사의 매니저들이 미심쩍은 시선을 보내오고 있었다. 항간에서는 그동안 승승장구해 왔던 어울림의 첫 실패작이 될 수도 있다는 전망도 나오고 있었다.

'두고 봐. 절대 그런 일 없으니까.'

엘시가 이를 모를 리가 없었다. 솔로로 데뷔하며 이러한 우려를 수없이 겪어봤기 때문이었다.

문득 현우가 떠올랐다. 그때 현우가 마음을 잡아주지 않았더라면 엘시는 압박감을 견디지 못했을 것이다.

단독 대기실 안으로 들어서자마자 유나와 다른 멤버들이 소파로 뛰어들며 앓는 소리를 토해냈다. 긴장감이 물밀 듯 밀려왔기 때문이었다.

"정우 오빠, 현우 오빠는요?"

엘시가 텅 빈 대기실을 둘러보며 물었다.

"대표님요? 지금쯤 도착하셨을 겁니다."

고석훈이 대신 대답했다. i2i 멤버들이 처음 현우를 '행운의 부적' 취급을 하면서 어울림 소속 아티스들은 현우를 '인간 부적'으로 취급하고 있었다.

"우리도 인간 부적이 필요하단 말이에요, 석훈 오빠."

"연락해 보겠습니다."

고석훈이 핸드폰을 들었다.

*   *   *

"후우… 피곤하네."

공항에 내린 현우는 곧장 주차장으로 향했다. 중간중간 알아보는 팬들과 사진을 찍어주느라 시간이 별로 없었다. 주차장에 도착한 현우는 서둘러 스포츠카를 찾았다.

올 블랙 무광 스포츠카는 어디에 주차를 해놓아도 확 눈에 들어왔다.

"흐음."

현우는 창문에 비춰지는 자신의 모습을 살펴보았다. 홍콩에서 송지유가 사준 고가의 블랙 슈트가 참 잘 어울린다는 생각이 들었다. 난생 처음 입어보는 고가의 수제 슈트였다.

"돈이 좋긴 좋구나."

드르륵. 손태명이었다.

"어."

─한국 도착했지? 드림걸즈 생방까지 시간 별로 없으니까 최대한 빨리 가라. 또 지유가 양복 사줬다고 차 앞에서 괜한 짓 하지 말고.

손태명의 말에 현우가 급히 주변을 둘러보았다.

"……."

─야, 현우야?

"너, 혹시 나 감시하고 있냐?"

─너 하는 짓이야 뻔하지. 잠깐만.

─오빠.

"응, 지유야. 이제 일어난 거야?"

밤샘 촬영을 하느라 고생을 했던 송지유였다.

─네. 깼어요. 다연 언니, 드림걸즈 언니들한테 힘내라고 전해주세요.

"알았어. 드림걸즈 컴백 무대 보고 나서 하루 정도 일 처리하고 홍콩으로 갈 테니까, 걱정하지 말고."

─아니에요. 며칠 있으면 부산으로 갈 텐데, 오빠도 좀 쉬어요.

위잉. 스포츠카 양쪽 문이 하늘로 올라갔다. 운전석에 올라타며 현우가 시동을 걸고는 핸드폰을 연결했다.

"괜찮아. 너랑 지혜는 내가 있어야 편하잖아."

─태명 오빠 있잖아요. 괜찮아요.

"허어. 섭섭한데?"

현우가 살짝 장난을 쳤다.

—나야 오빠랑 있으면 좋지만, 대표님이잖아요. 다른 식구들도 챙겨야죠.

"송지유, 많이 변했네. 예전 같았으면……."

—예전 같았으면? 내가 뭐 어쨌는데요?

태연한 목소리였다.

"아무튼 송지유 어른 다 됐네. 공개홀 도착해서 영상 통화 걸게. 잘하면 생방 탈 수도 있으니까 준비해 놓고."

—응. 알았어요.

툭, 전화가 끊겼다. 뒤이어 핸드폰으로 고석훈이라는 이름이 찍혔다.

—대표님, 접니다.

"응, 석훈아. 지금 차에 탔다. 다연이랑 멤버들은?"

—대기실에서 대기 중입니다. 아무 문제없습니다, 대표님.

"오케이. 연희 씨 발목은? 상태 괜찮고?"

안무 연습을 하다가 삐끗했다는 연락을 받은 적이 있었다.

—연희, 괜찮아요! 부상 투혼!

높은 데시벨에 현우가 깜짝 놀랐다. 아무래도 유나 같았다. 뒤이어 여러 목소리가 섞여서 들려왔다.

"제대로 비글들이네. 일단 수진 씨 바꿔요. 아, 아니, 비명은 왜 질러요? 저기요, 수진 씨?"

—네. 저예요, 대표님.

그나마 안정을 찾고 있는 크리스틴의 목소리가 들려왔다.

—어디세요?

"시동 걸었습니다. 최대한 빨리 가겠습니다."

—네. 빨리 오세요. 애들 때문에 미치겠어요.

—현우 오빠, 빨리요! 빨리!

엘시의 목소리도 들려왔다.

"오케이. 바로 갈게. 끊는다."

현우는 일단 전화를 끊었다. 부르릉! 스포츠카가 빠르게 인천국제공항을 벗어나기 시작했다.

＊　　　　＊　　　　＊

드림걸즈의 대기실은 폭풍전야였다. 엘시도 그렇고 크리스틴이나 다른 멤버들도 말 한마디 없었다.

그때였다. 똑똑. 누군가가 대기실 문을 두드렸다. 엘시와 멤버들이 잔뜩 상기된 표정으로 자리에서 일어났다.

문이 열리며 모습을 드러낸 인물은 갓 보이스의 막내 투 킬이었다.

"아, 안녕하세요, 선배님들?"

"아. 응. 오랜만."

엘시가 소파에 주저앉아 다리를 꼬며 말했다. 엘시와 멤버들이 급격하게 실망을 하자 투 킬이 민망해했다.

"오늘도 투 킬, 혼자 인사 왔어? 너도 참 고생이야."

엘시가 투 킬을 안쓰러운 시선으로 쳐다보았다. 형이라는 멤버들이 철이 없어 늘 혼자서 고생인 투 킬이었다.

"힙합 바보들은 뭐 해?"

크리스틴이 물었다. 문이 완전히 열리며 다른 멤버들도 모습을 드러내었다. 엘시와 멤버들이 깜짝 놀랐다. 소속사에서도 두 손, 두 발 다 들고 포기한 그룹이 갓 보이스였다. 두 달 후배라는 이유로 갓 보이스 멤버들은 늘 맞먹으려 하곤 했다.

반말은 기본이고 나이가 어린 유나 같은 멤버들에겐 오빠 행세도 하려 했다. 그런데 태도가 확 달라져 있었다.

"너희들 뭐… 잘못 먹었어?"

크리스틴이 물었다. 더블 J가 머리를 긁적이며 영 불만인 표정을 했다. 승호나 휘 같은 멤버들도 비슷했다.

"지혜가 부, 부탁을 했지."

승호가 말을 더듬었다. 휘가 픽 웃었다.

"부탁이 아니고 명령."

"명령?"

엘시가 되물었다. 이번에는 휘가 입을 열었다.

"내기에서 졌거든. 승호, 이 자식이 좀 허세가 있잖아. 한 손가락으로 팔굽혀펴기 100개? 어림없었지. 5개 하고 손가락 인대 늘어났다. 이 바보 자식."

"야! 너는 뭐 나무에 구멍을 내?"

"조금 파이긴 했었어! 너도 봤잖아?"

"파이긴? 네 주먹이 파였겠지!"

정말이었다. 휘가 오른쪽 손에 붕대를 감고 있었다.

엘시와 멤버들이 어이가 없어 웃었다. 정말이지 변한 게 하나도 없었다.

"진짜 투 킬 네가 고생이 많아. 내가 나중에 얘네 꼭 사람 만들어줄게."

"감사합니다, 선배님."

"그래서 인사하러 온 거야? 지혜가 인증 샷이라도 보내래?"

"네."

투 킬이 대답했다.

"지혜가 잘 놀아주네."

엘시의 말에 갓 보이스 멤버들이 발끈했다.

"아니지! 우리가 놀아주는 거지. 꼬맹이랑 우리랑 수준이 맞나?"

"우리야 언제든 연락 끊으면 그만이지!"

"형들, 빨리 인증 샷이나 찍어요. 지혜가 30분까지 안 보내면 앞으로 안 본다고 했잖아요. 잊었어요?"

"아, 그, 그랬어? 빨리 찍자."

멤버들이 허둥댔다. 엘시와 멤버들이 헛웃음을 흘렸다. 갓 보이스 멤버들이 일렬로 늘어서 소파에 앉아 있는 엘시와 멤버들에게 꾸벅 머리를 숙여 인사를 했다.

고석훈이 대신 핸드폰으로 동영상 촬영까지 해주었다. 그때였다. 대기실 문이 열리고 현우가 나타났다.

"음? 뭐야?"

"현우 형님! 홍콩에서 오시는 길이죠?"

"응. 근데 너희들 여기서 뭐 하냐?"

현우가 투 킬의 어깨를 두들기며 상황을 살폈다. 그러더니 피식 웃었다.

"진짜로 인증 샷 찍으러 온 거야? 너희들도 진짜 어지간하다. 어지간해."

현우의 말에 갓 보이스 멤버들이 얼굴들을 붉혔다.

"그래서 할 건 다 했고?"

"뭐. 그냥 대충했죠."

더블 J가 허세를 부렸지만 옆에서 승호가 쩔쩔매고 있었다.

"도, 동영상이 왜 전송이 안 되냐? 아! 돼, 됐다!"

갓 보이스 멤버들이 안도하는 게 눈이 보일 정도였다. 현우가 하하 웃으며 갓 보이스 멤버들의 어깨를 일일이 두들겨 주었다.

"생방 끝나고 잠깐들 보기로 하자."

"예, 형님. 그럼 연락드릴게요."

투 킬이 부랴부랴 멤버들을 끌고 대기실을 나섰다. 한바탕 폭풍이 휩쓸고 지나간 것 같았다. 뒤늦게 현우를 살펴본 엘시와 멤버들이 감탄을 했다.

"우와! 오늘 완전 멋있네요?"

유나가 현우를 살펴보며 말했다.

"특별히 신경을 썼죠. 그건 그렇고 다들 긴장 많이 됩니까?"

"이제 괜찮아요. 인간 부적이 왔잖아요?"

엘시가 말했다. 현우가 피식 웃었다.

"마 피디님이 특별히 무대 세팅에 신경을 많이 써주셨습니다. 다들 긴장할 거 없어요. 연습하던 대로만 합시다."

현우가 먼저 손을 내밀었다. 엘시와 멤버들이 그 위로 손을 올렸다. 김정우와 고석훈도 마찬가지였다.

"하나, 둘, 셋에 갑니다. 하나, 둘, 셋!"

"가즈아!"

현우와 드림걸즈 멤버들이 기합을 질렀다.

*　　　　*　　　　*

이번 주 MBS '음악캠프'는 1위 후보보다 드림걸즈의 컴백 앨범에 더 많은 시선이 쏠려 있었다.

그렇게 1위 후보 팀들의 무대 전에 드림걸즈 컴백 무대가 본격적으로 시작되었다.

불이 꺼진 무대에 검은색 작은 의자들이 덩그러니 놓여 있다. 조명이 빈 의자를 비추다가 무대가 순식간에 암전되었고, 다시 조명이 의자를 비추자 객석에서 엄청난 비명들이 쏟아졌다.

의자 위로 아이리쉬풍 무대의상을 입은 드림걸즈 멤버들이 순서대로 앉아 있었다. 처음 공개되는 컴백 무대에 관객들은 물론이고, TV로 지켜보던 많은 대중들도 잔뜩 숨을 죽이고 있었다.

＊　　　　＊　　　　＊

아이리쉬풍의 전주가 흘러나오기 시작했다. 그리고 포크 송에서나 들을 법한 통기타 연주 소리가 겹쳐졌다.

드림걸즈의 팬덤이 숨을 죽이며 무대를 지켜보고 있었다. 현우 역시 무대 뒤에서 엘시와 멤버들의 첫 무대를 든든히 지켜주고 있었다.

온라인 커뮤니티에서도 드림걸즈의 컴백 무대를 놓고 수많은 이야기를 토해내고 있었다.

　—발라드? 헐?

　—전주 도입 부분은 장난 아닌데?

　—작곡 이솔임 ㅋㅋ 갓부기!

　—기타 연주 갓 지유 피처링;

　—어울림에서 드림걸즈 앨범에 올인했나 봐 ㅋㅋㅋ

　—발라드 부르는 모습은 처음 보네요. 엘시 빼곤 다들 보컬 능력은 별로 아닌가요?

　—일단 봅시다. 곡 제목은 'Miss You', 작곡 이솔, 작사 엘시, 기타 피처링 송지유. 어울림 3대 갓 다 뭉침.

　—팬 송 느낌 나는데? 제목만 보면?

　—무대 집중 ㄱㄱ

　—ㄱㄱㄱㄱ

　그사이 아이리쉬풍의 전주가 잦아들고 통기타 연주의 독주와 함께 엘시가 첫 입술을 떼었다.

　오랜만이야

　못난 날 용서해

　말없이 떠나가서 미안해

그때의 날 이해해줘
하지만 sorry, miss you

―엘시 보컬 능력은 진짜 알아줘야 함.
―ㅇㅈ
―노래 좋다 ㅎㅎ

엘시의 목소리에 많은 사람들이 매료되었다. 그리고 크리스틴과 멤버들의 목소리가 후렴구에서 화음처럼 겹쳐졌다.

다신 돌아오지 않는 그때의 시간들
함께했던 수많은 계절들
옛 생각이 나, miss you

그리고 제시의 랩 파트가 흘러나왔다.

오랜만이야
너의 그 전화 한 통에 신발장을 열어
너를 만날 때 자주 신었던 구두를 신어봐
그 익숙함만큼이나 익숙했던 네가 떠올라
baby i'm so sorry, miss you

—오오! 제시 랩 잘하는데? ㄷㄷ

—그러게; 다른 멤버들도 이렇게 노래 잘했음?

—다른 멤버들한테도 음악성이 있었다니 ㅎㅎ;

—그간 답답했겠다. 이렇게 노래를 잘하는데

—노래 잘 뽑았네! 역시 갓부기!

엘시와 멤버들이 화음을 이루며 훌륭하게 무대를 장악해 버렸다. 생방송 직관을 찾은 팬들이나, TV로 컴백 무대를 지켜보는 많은 사람이 드림걸즈 멤버들의 숨겨졌던 실력에 놀라고 있었다.

그동안은 철저하게 메인 보컬 엘시를 중심으로 곡을 선보였던 걸즈파워였다. 하지만 드림걸즈로 거듭난 멤버들은 엘시 못지않은 음악성을 선보이고 있었다.

순식간에 팬 송 'Miss You'의 무대가 끝이 났다.

주요 포털 사이트 생중계 게시판으로 댓글들이 폭주하기 시작했다.

—이번 앨범 대박!

—노래 진짜 미친 듯이 좋음!

—이게 국내 원 탑 걸 그룹 클래스인가?

―음원 언제 공개? ㅠㅠ

―발라드로 컴백할 줄은 상상도 못 했다; 리얼;

"후우. 이제 좀 마음이 놓이네요."

현우가 김정우를 쳐다보며 마음 편히 웃었다. 김정우도 핸
드폰을 들여다보다 고개를 끄덕였다. 반응이 폭발적이었다.
아직 타이틀곡을 공개하지도 않았는데 말이다.

"아아~!"

무대가 끝이 나고 객석에서 아쉬움의 탄식들이 터져 나왔
다. 생방송 음악 방송인데도 이례적으로 앙코르 요청이 쏟아
졌다. 마소진 피디가 설계한 극적인 연출이었다.

무대가 다시 어둠 속으로 사로잡혔다. 앙코르를 외치며 아
쉬워하던 객석의 관객들이 비명을 지르기 시작했다. 덩달아
여러 커뮤니티들도 뜨겁게 달아올랐다.

―무대 끝난 거 아니었음?

―어? 타이틀곡이 따로 있다고?

―더블 타이틀곡인가?

―ㄴㄴㄴㄴ 이게 타이틀곡이라고 자막 뜸!

―미쳤다. 작곡가 오승석, 블루마운틴에 이솔ㅋㅋㅋㅋ

―근래 가장 잘나가는 작곡가들 총출동!

—그렇지! 이게 어울림 엔터지! ㅋㅋㅋ

어둠에 잠겨 있던 무대에 화려한 형형색색의 조명들이 마구 쏟아졌다.

영화 레옹의 마틸다를 코스프레한 것처럼 똑 단발인 엘시가 자그마한 화분 하나를 들고 나타났다. 뒤이어 연보라색 삐삐 머리에 주근깨까지 그려 넣은 크리스틴이 나타나자 객석에서 환호가 쏟아졌다.

—엘시 화분 들고 ㅋㅋㅋㅋ
—헐? 크리스틴 맞아?
—파격 변신; ㅋㅋ 대박!

뒤이어 긴 머리를 싹둑 잘라 염색까지 한 유나와 연희가 치어리더 복장으로 동시에 등장했다. 제시나 나나 같은 멤버들도 힙합 걸로 파격 변신을 한 상태였다. 한껏 불량스러운 걸음걸이로 등장했다.

—뭐야? 다 제각각인데 ㅋㅋㅋ
—마틸다에 말괄량이 삐삐에 치어리더에 슬럼가 소녀들까지? ㅋㅋ

―이번 콘셉트는 따로 국밥? ㅎㅎ

―시선은 확 끔!

―오! 노래 나온다!

스피디한 일렉트로니카 전자음이 무대에 휘몰아치기 시작했다. 엘시가 화분을 내려놓고 꽃을 뽑아 귓가에 꽂았다.

"하이! 헬로! 안녕!?"

엘시가 제자리에서 폴짝 뛰며 무대의 시작을 알렸다. 뒤이어 크리스틴이 주머니에서 솜으로 된 빨간색 하트 모양을 꺼내 들었다. 유나가 테니스 라켓을 들고 무대 한쪽으로 섰고, 연희는 포수를 흉내 내며 사인을 보냈다.

고개를 돌려 관객들에게 OK 사인을 보낸 다음, 크리스틴이 높이 다리를 들고 힘차게 하트를 던졌다. 빨간색 하트가 일직선을 그리며 날아들었다. 유나 역시 테니스 라켓을 들고는 자세를 취하고 있었다.

펑! 일렉트로니카 전자음과 함께 유나가 테니스 라켓을 휘둘렀다. 빨간색 하트가 포물선을 그리며 객석으로 떨어졌다.

와아아! 빨간색 하트를 주은 팬이 신이 나서 난리가 났다. 엘시와 멤버들이 무대로 모여 손을 모았다.

"Hey! We are Dream girls! We are! Heart breakers!"

기합을 토해내며 엘시와 멤버들이 W 자 대형으로 흩어졌다. 비트가 빨라지며 본격적으로 전자 사운드가 무대 너머로 울려 퍼지기 시작했다.

두근두근! We are Heart breakers!
이미 내 시선에 빠져들었지!
넌 아무것도 못 하지!
두근두근 네 심장 소리 여기까지 들려!
그러니까 우리가 누구?

엘시와 멤버들이 팔을 비스듬히 향하며 댑 댄스를 추었다. 객석에서 웃음과 함께 타이틀곡 제목인 'Heart breakers'를 외쳐댔다.

아니? 그러니까 우리는 Dream girls!
낚였네! 낚였어! 두근두근거리는 네 심장처럼
우린 Heart breakers!

언어유희적인 가사에 현우도 헛웃음을 흘렸다. 자유분방한 곡, 의상, 안무와 마찬가지로 드림걸즈 멤버들도 그야말로 무대를 즐기고 있었다.

그리고 연희의 댄스 독무대가 펼쳐졌다. 기존 걸즈파워의 메인 보컬이 엘시였다면 메인 댄서는 연희였다. 하지만 중국 활동 탓에 메인 댄서로서의 실력을 감추고 있던 연희였다.

오오! 여기저기서 탄성이 터졌다. 전자음에 맞춰 연희가 현란한 스트리트 댄스를 선보였다. 그다음에는 랩 파트가 펼쳐졌다. 베이스음과 함께 묵직한 힙합 사운드가 흘러나왔다.

제시와 나나가 서로를 마주보며 무대로 나왔다. 댑 댄스는 기본으로 장착이 되어 있었다.

요! boys! 너희들은 우리를 갈망!
거기 너 헤이러? 너희들은 그냥 ×망!
우리들은 꺄르르!
헤이러들은 우르르!
감히 내 앞에서 고갤 들어?
그냥 내 가방이나 들어!
우리들이 누구? 심장 파괴자! Heart breakers!

댑 댄스를 끝으로 다시 노래가 흘러나왔다. 직설적인 랩 가사에 이미 객석은 자지러진 상태였다.

"결국 저 가사는 넣었네요."

웃음을 터뜨리고 있는 관객들처럼 현우도 하하 웃고 말았다. 엘시와 멤버들이 두고두고 제시를 놀려대더니 결국 가사로 채택을 해주었다.

김정우도 빙그레 웃으며 현우를 쳐다보았다.

"재밌을 것 같다는 멤버들의 의견이 있었습니다."

"그렇다면 대성공인 것 같은데요?"

현우가 미소를 머금은 채로 엘시와 멤버들의 무대를 지켜보았다.

그리고 드디어 킬링 파트라 불리는 장면이 나왔다.

두근두근! 심장 파괴자!

너는 나의 노예!

그치? 아니야?

맞잖아? 응? 응?

크리스틴이 가사와 함께 양 주먹을 볼 앞에 동그랗게 말고 애교를 부렸다. 그리고 깜찍한 윙크까지.

난생처음 보는 크리스틴의 모습에 관객들이 크게 놀라며 두 눈을 의심했다.

"……"

"……"

순간 정적이 감돌았다. 뒤늦게 관객들이 박수와 환호를 동시에 쏟아냈다.

—방금 누구?

—눈이 침침해졌나?

—크리스틴 같은데?

—크리스틴; ㅋㅋㅋ

—ㅋㅋㅋㅋ 작정했네! 했어!

—와~ 크리스틴이 저런 안무도 해? ㅋㅋ

—충격 그 자체다! ㅋㅋ

—애교가 가능했구나. 그럼 혹시 송지유도?

—설마; 그건 아님; 자제 좀;

—ㅋㅋㅋㅋㅋㅋㅋ

핸드폰을 들여다보니 실시간 반응도 엄청났다. ice틴의 파격적인 대변신이었다. 그리고 크리스틴뿐만 아니라 다른 멤버들도 기존의 이미지를 버리고, 본래의 모습을 대중들에게 선보이고 있었다.

관객들과 온라인, 혹은 TV로 생방송을 지켜보던 팬들은 그야말로 드림걸즈의 무대에 완전히 매료되어 버린 상태였다.

흥 그 자체였던 곡이 종반부에 이르렀다. 비글들처럼 무대를 휘저었던 엘시와 멤버들이 다시 무대의 중앙으로 모여 손을 모았다.

그리고 높이 허공으로 폴짝 뛰며 소리쳤다.

"Hey! We are Dream girls! We are! Heart breakers!"

그렇게 첫 컴백 무대가 너무나도 완벽하게 마무리되었다.

＊　　　＊　　　＊

무대를 마친 엘시와 멤버들이 무대를 내려와 복도로 들어섰다. 짝짝짝! 후배 아이돌들이 복도 양쪽에 들어서서 박수를 보내고 있었다. 의심 섞인 시선을 보내던 타 기획사 매니저들도 새삼 놀란 기색이었다.

타 기획사 매니저들이 질린 얼굴로 현우를 쳐다보았다. 이미 걸즈파워로 활동을 하며 오랜 기간 최정상에 올랐던 걸 그룹이다. 그렇기 때문에 기존에 가지고 있는 이미지가 확고했고 분명했다. 절대로 기존의 이미지를 벗어버릴 수 없다는 게 연예 기획사 관계자들의 판단이었다.

하지만 어울림 엔터는 걸즈파워가 가지고 있던 색깔을 모두 지워 버렸다. 그리고 드림걸즈라는 새로운 걸 그룹으로 완벽하게 리부트를 시켜놓았다.

처음 선보였던 팬 송 'Miss You'도 그랬고, 타이틀곡인 'Heart breakers'도 가요계에 큰 파장을 일으킬 정도로 곡이 좋았다.

후배 아이돌들도 그랬고, 타 기획사 매니저들도 드림걸즈의 돌풍을 직감할 수 있었다.

"잠시 지나가겠습니다."

고석훈이 무뚝뚝한 표정으로 먼저 길을 텄다. 홍해가 갈라지듯 길이 생겨났다. 그리고 현우와 김정우가 양쪽에서 엘시와 멤버들을 데리고 대기실로 걸음을 옮기기 시작했다.

대기실로 향하는 그 짧은 순간, 동경 어린 시선들이 쏟아졌다.

철컥, 대기실 문이 닫혔다. 그리고 그와 동시에 드림걸즈 멤버들이 무너지듯 바닥으로 주저앉았다.

"석훈 오빠, 대기실 문 닫아주세요."

엘시의 부탁에 고석훈이 얼른 대기실 문을 닫고는 그 앞을 지켰다. 현우가 바닥에 주저앉아 있는 엘시와 멤버들을 보며 알 수 없는 불안감에 휩싸였다.

'설마?'

생각을 마치기도 전에 엘시를 시작으로 멤버들이 뚝뚝, 눈물을 흘리기 시작했다. 점차 울음소리가 커지더니 나중에는 대성통곡을 하며 대기실이 순식간에 울음바다가 되어버렸다.

"……"

"……"

현우도 그랬고, 김정우도 드림걸즈 멤버들을 쳐다보기만 할 뿐, 그 어떠한 말도, 행동도 하지 못했다. 그간의 마음고생을 옆에서 쭉 지켜봐 왔기 때문이었다.

똑똑. 누군가 대기실 문을 두들겼다. 대충 누군지 짐작이 갔다. 고석훈이 눈빛으로 현우에게 물었다.

"마 피디님일 거다. 괜찮으니까 열어드려, 석훈아."

마소진 피디면 거의 반 정도는 가족이나 다름없는 인물이었다.

"예, 대표님."

고석훈이 대기실 문을 열었다. 마소진 피디가 대기실 안 풍경을 보고는 잠시 멈칫했지만 이내 안쓰러운 표정을 지었다. 그리고 엘시와 크리스틴, 멤버들을 한 명씩 돌아가며 안아주었다.

"고생들 했어. 정말 고생했어."

마소진 피디 덕분에 울음바다였던 대기실이 많이 진정이 되었다. 그래도 여전히 드림걸즈 멤버들은 훌쩍이고 있었다.

"음."

현우가 김정우를 한차례 쳐다보았다. 김정우도 고개를 끄덕였다. 마침내 현우가 작정한 듯 입을 열었다.

"저기, 얘들아."

현우의 말에 드림걸즈 멤버들이 일제히 고개를 들었다.

'이게 통하려나?'

김수정과 아이들을 처음 만났을 때 나름 먹혔던 수법이었다.

"소, 소고기 먹을까?"

"네! 좋아요!"

유나만이 울음을 그치고 번쩍 손을 들며 좋아했다. 다른 멤버들은 영 반응이 미지근했다. 결국 현우가 초강수를 꺼내 들었다.

"투, 투 플러스 등급 한우로… 콜?"

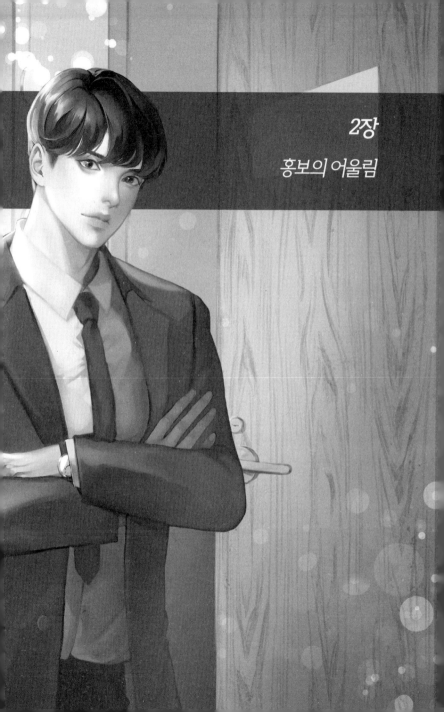

2장

홍보의 어울림

"현우 오빠, 아니, 대표님!"

엘시가 급 호칭을 바꿔 불렀다.

현우가 단번에 엘시의 의도를 알아차렸다. 무언가 부탁할 게 있는 눈치였다.

"말씀해 보세요, 이다연 씨."

"밖에서 기다리고 있는 팬들한테 뭐 좀 먹이고 싶습니다."

"뭐, 오케이!"

예상 밖 지출이지만 현우는 흔쾌히 허락했다. 지금껏 드림 걸즈 멤버들을 기다려 준 팬들이다. 화려한 재기의 숨은 공신들이 바로 흔들리지 않고 응원해 준 팬들 덕분이었다.

현우가 고석훈을 슥 쳐다보았다.

"석훈아, 인터뷰 찍을 동안 밖에 기다리고 있는 팬들 얼마나 있는지 확인하고, 저녁 같이 먹자고 해."

"식당 예약도 미리 할까요?"

"그래. 그게 좋겠다."

"예, 대표님."

고석훈이 서둘러 대기실을 나섰다. 마소진 피디가 호호 웃었다.

"오늘 돈 좀 쓰시겠네요. 괜찮으시겠어요?"

"괜찮죠. 피디님도 같이 가시죠. 저희가 쏘겠습니다."

"아니에요. 낄 때 껴야죠. 다음 주에 1위 하면 그때 회식 쏘세요, 대표님."

"알겠습니다."

현우가 빙그레 웃었다. 마소진 피디가 대기실 벽에 걸린 TV를 살펴보며 입을 열었다.

"갓 보이스 친구들 무대 끝나기 전에 헤어랑 메이크업 수정해 주세요. 인터뷰 따야 하니까."

"네. 은정아?"

"네에~ 갑니다!"

김은정이 메이크업 박스를 열고 서둘러 엘시와 멤버들을

점검했다. 김은정으로부터 오케이 사인이 떨어지자 대기실로 카메라가 들어왔다.

대성통곡을 했던 엘시와 멤버들이 언제 그랬냐는 듯 환한 미소를 머금었다. 프로는 프로였다. 현우와 김정우가 그 모습을 대견한 눈동자로 쳐다보았다.

"하이! 헬로! 안녕! 드림걸즈의 꼬마 대장 엘시입니다! 오늘 저희 컴백 무대 어떠셨나요?"

"어떻기는요! 신나셨죠? 그렇죠?"

유나가 헤헤 웃으며 말했다. 연희가 멘트를 이어갔다.

"오늘 크리스틴 언니는 무대 어땠어요? 정말, 정말 깜찍하고 귀엽던데요?"

"난 토 나왔어. ice틴의 애교라니!"

"못 볼 눈 삽니다!"

제시와 나나가 연달아 크리스틴을 놀려댔다. 크리스틴의 얼굴이 벌게졌다. 엘시가 눈을 찡긋했다.

"크리스틴 씨. 뿌뿌뿌 안무 한 번만 더 보여주세요!"

"네? 저기요, 이다연 씨? 언제 저희 안무가 뿌뿌뿌가 되었죠?"

크리스틴이 살짝 따지고 들었다.

"크리스틴 씨가 아까 무대에서 안무하면서 뿌뿌뿌 소리를 내서서 저는 뿌뿌뿌 안무인 줄 알았어요."

"제, 제가 언제요?"

"뿌뿌뿌!"

유나가 크리스틴을 따라하듯 안무를 시전했다. 엘시와 멤버들이 까르르 웃음을 터뜨렸다. 크리스틴만 부끄러움에 입을 벌리고 멍한 얼굴을 했다.

카메라 감독도 아빠 미소를 지었다. 작가들도 킥킥 웃고 있었다. 현우가 고개를 저었다.

"하여간 저 비글들."

말을 내뱉고도 현우는 깜짝 놀랐다. 어느새 카메라가 자신을 비추고 있었기 때문이다. 무대 쪽에서 비명 소리가 들렸다.

엘시와 멤버들이 순식간에 현우와 김정우를 둘러쌌다. 엘시가 김정우를 가리켰다. 김정우는 울림이라 불리는 어울림 골수팬들을 제외하곤 아직 대중들에게 많이 알려져 있지 않은 상태였다.

"여기! 이분은 이번에 저희 어울림에 새로 오신 김정우 실장님이세요! 저희를 오랜 시간 지켜봐 온 팬분들은 잘 아실 거예요! 저희 활동 초창기에 함께해 주셨던 진짜 삼촌 같은 분이세요!"

"김정우 실장입니다. 팬 여러분들, 우리 멤버들 많이 사랑해 주십시오."

김정우가 미소와 함께 손을 흔들었다. 카메라가 이번에는 현우를 잡았다. 무대 너머에서 엄청난 비명 소리가 들려왔다.

현우가 쓴웃음을 머금었다.

"와! 거의 아이돌급 인기네? 우리 대표님?"

엘시가 현우의 어깨를 슥, 슥 털어주며 치켜세웠다. 현우가
피식 웃었다.

"어울림 엔터테인먼트의 김현우 대표입니다."

현우가 살짝 고개를 숙여 인사를 했다. 관객들의 환호성이
대기실까지 들려왔다. 현우의 인기도 절정이었다.

"유나 리포터? 빠른 진행 부탁드립니다."

엘시가 센스 있게 즉석 상황극을 연출했다. 유나가 테니스
라켓을 들고는 현우에게 가져다 대었다.

"김현우 대표님, 홍콩에서 드림걸즈 멤버들을 위해 급히 귀
국하셨다고 들었는데, 배고프지 않으세요?"

잘 나가다가 엉뚱한 질문을 하는 유나였다.

"아, 네. 크게 시차 적응이랄 것도 없습니다. 가까운 곳이니
까요. 또 우리 멤버들을 보니까 피곤이 확 날아가네요. 물론
배는 조금 고픕니다. 유나 씨도 한우 좋아하죠? 조금 이따가
회식 장소에서 만나요."

유나의 장난기를 센스 넘치게 받아치는 현우였다.

"네! 한우 좋아요! 대표님! 그리고 얼마 전에 소개팅 프로 나
가셨잖아요? 저희들 때문에 여전히 솔로이신데 괜찮으세요?"

김송딱은 물론이고, 어울림 소속 여성 아티스트들이 있는 한 '김현우 결혼 실패'라는 말이 우스갯소리로 나돌고 있었다.

"괜찮습니다. 저는 우리 어울림 소속 아티스트들과 결혼한 몸이니까요. 하하."

"저는 다른 남자한테 시집 갈 건데."

제시가 말했다.

"그럼 정정하겠습니다. 제시 씨는 빼겠습니다."

"아, 치사해요!"

작가진이 사인을 보냈다. 생방송이라 인터뷰라는 게 또 시간 제약이 있었다. 유나가 마지막 질문을 꺼냈다.

"저희 드림걸즈랑 영원히 함께하실 거죠?"

"물론입니다. 끝까지 가야죠."

"그럼 인터뷰를 마치겠습니다. 이다연 리포터?"

"잠깐만요. 영상통화네요?"

현우가 슈트 안주머니에서 핸드폰을 꺼내 들었다. 관객석에서 커다란 함성이 들려왔다. 현우가 영상통화 버튼을 누른 다음 카메라 앞으로 내밀었다.

카메라 감독이 급히 초점을 잡았다.

—하이! 헬로! 안녕!

송지유가 손을 흔들며 엘시의 시그니처 인사를 따라했다. 와아아! 관객들이 송지유를 격하게 반겼다.

―여러분! 우리 드림걸즈 언니들 컴백 무대 잘 보셨어요?

"네에!"

객석에서 대답이 쏟아졌다. 송지유가 귀 뒤로 머리카락을 넘기며 특유의 눈웃음을 머금었다.

―저는 홍콩에서 영화 촬영 중이에요! 다음 주에 부산으로 촬영지를 옮길 것 같아요! 그리고 다음 주에 우리 드림걸즈, 꼭 1위 하게 해주세요! 아셨죠?

"네에!"

―저랑 약속했어요?! 그럼 크리스틴 언니 뿌뿌뿌 안무 보여 줘요.

송지유의 제안에 크리스틴이 얼어붙었다.

조정실에서 이를 지켜보던 마소진 피디도 함박웃음을 머금었다.

"내가 이래서 김현우 대표님이랑 지유 씨가 좋다니까? 방송을 알잖아!"

"선배, 일단 지, 진정하시고."

후배 피디가 한껏 흥분한 마소진 피디를 진정시켰다.

―이다연 리포터? 진행해 주세요. 여러분, 그럼 저는 이만 안녕!

"네. 이다연입니다. 팬 여러분, 그리고 시청자 여러분 여기서 송지유 양의 인터뷰를 마치겠습니다."

근엄했던 엘시의 표정이 다시 발랄한 본래 모습으로 돌아왔다.

"마지막으로 뿌뿌뿌 전문가 크리스틴 씨가 한마디 하세요."

크리스틴이 엘시를 흘겨본 다음 카메라를 쳐다보았다. 빼도 박도 못 할 상황이었다.

"기다려 주신 팬 여러분들, 시청자 여러분들. 정말 감사합니다. 저희들 활동 열심히 할게요. 그리고 항상 재밌고 밝은 모습을 보여 드리겠습니다. 저 크리스틴이랑 우리 비글들 많이 사랑해 주세요!"

크리스틴이 눈치를 보다 애교를 가득 담아 뿌뿌뿌 안무를 선보였다. 엘시와 멤버들도 대기실을 방방 뛰며 '안녕!'을 외쳤다. 인터뷰가 순식간에 종료되었다.

"레전드다, 레전드."

남자 막내 작가 한 명이 무심결에 중얼거렸다.

*　　　　*　　　　*

MBS 공개홀 인근의 한우 전문 식당. 향긋한 고기 내음과 더불어 사람들이 바글바글했다. 현우의 부름으로 서유회의 매니저인 김철용까지 합류를 했다. 현우와 김정우, 고석훈, 김철용은 테이블 여기저기를 돌아다니며 팬들을 챙기고 있었다.

"철용아, 13번 테이블에 등심 4인분 더 시켜라."

"예! 형님!"

"저, 저희 괜찮은데요? 비, 비쌀 텐데요."

20대 초반의 남성 팬들이 미안한 얼굴을 했다. 현우가 어깨를 두들겼다.

"걱정 말고 먹어요. 이럴 때 돈 쓰지 언제 써요?"

"그, 그럼 이거라도."

남자 팬이 쌈을 크게 만들어 현우의 입에 넣어주었다. 찰칵! 찰칵! 어디선가 핸드폰 소리가 들려왔다. 현우가 쌈을 씹으며 여성 팬들에게로 다가갔다.

"그 사진 어디다 쓰려고요?"

"개, 갠소요. 개인 소장."

"그… 카페에 올리는 건 좋은데, 막 이상한 포샵이랑 하트 넣지는 말아요. 저 장가는 가야죠."

"네. 킥킥."

여성 팬들이 재미있다며 웃기 바빴다.

'음.'

현우가 식당 안을 둘러보았다.

"자자! 이다연 실장이 구워주는 소고기 어때요?"

"마, 맛있습니다, 엘시 님! 환상적입니다!"

김대식의 친구들이 군기가 바짝 들어 있었다. 크리스틴은 밀려드는 뿌뿌뿌 요청에 기계처럼 애교를 선보이고 있었다. 이제는 다 포기한 크리스틴이었다.

"소고기는요! 이렇게 두 장씩 겹쳐서 기름장 한 번, 쌈장 한 번, 찍어서 먹어야 제맛이에요!"

유나는 팬들과 소고기에 대해 심도 깊은 논의를 하고 있었고, 제시는 아예 팬들과 소주잔을 기울이고 있었다.

그렇게 엘시와 드림걸즈 멤버들도 테이블을 옮겨 다니며 고기도 굽고 대화를 나누느라 바빴다.

팬들의 고기를 구워주던 김정우가 현우에게로 다가와 섰다.

"다연이랑 아이들이 정말 좋아하네요. 감사합니다, 현우 대표님."

"감사는요. 실장님도 그동안 고생 많으셨습니다."

"고생은요… 늘 그렇듯 아이들이 고생을 많이 했죠."

현우와 김정우가 엘시와 멤버들을 눈으로 담았다. 고기를 굽느라 이마에 송골송골 땀들이 맺혀 있었다.

그동안 얼마나 팬들이 보고 싶었는지 드림걸즈 멤버들이 여지없이 보여주고 있었다. 그렇기 때문에 현우는 돈이 하나도 아깝지 않았다.

'그깟 돈이야 벌면 그만이지.'

한결 같은 현우의 마인드였다. 코코넛 톡! 그때 느닷없이 코코넛 톡이 울렸다. 현우가 밖으로 나가 핸드폰을 확인했다.

송지유였다. 현우가 얼른 전화를 걸었다.

"응, 나야."

—오빠?

"그래. 아까는 고마웠다, 지유야."

—고맙기는요. 회식 중이에요? 유나랑 톡 했는데, 팬들도 데리고 갔다면서요?

"응. 고마워서 고기 좀 먹이고 있지."

—오빠도 많이 먹어요. 팬들 챙긴다고 쫄쫄 굶지 말아요.

"그래. 빨리 부산 와."

—왜요? 맨날 같이 붙어 있다가 혼자 있으니까 시원하지 않아요?

"전혀."

—…….

핸드폰 너머 송지유로부터 대답이 없었다. 의외로 부끄러움이 많은 송지유였다. 현우가 씩 웃었다.

—또 혼자 웃고 있죠?

"어? 으, 응 어떻게 알았어?"

—내 눈에는 다 보여요. 손 부인만 아는 줄 알아요? 바쁠 테니까 이만 끊을게요.

"그래. 연락할게."

—응. 알았어요.

전화를 끊자마자 띵동! 알람 소리가 울렸다.

"응?"

현우가 급히 핸드폰을 확인하곤 입가 가득 미소를 머금었다.

[내 매니저니까 밀린 월급 줄게요. 고기값 내요.]

짤막한 메시지와 함께 제법 큰 액수가 입금이 되어 있었다. 현우가 하하 혼자서 웃었다. 기특하기도 했고, 또 한편으론 어이가 없기도 했다.

'차에, 옷에, 이제는 용돈까지 주네. 이거 너무 받기만 하는데?'

문득 송지유는 뭘 좋아할까 라는 생각이 들었다.

'고민 좀 해봐야겠는데?'

현우가 숨을 깊게 내쉬고는 다시 식당으로 들어갔다.

*　　　*　　　*

[걸즈파워? 아니, 이제는 드림걸즈다!]

[국내 최고 걸 그룹은 누구? 드림걸즈!]

[아이돌의 왕 엘시와 아이들의 화려한 복귀!]

[MBS '음악챔프' 자체 시청률 경신! 어울림 효과!]

[어울림은 어울림이다! 국민 기획사의 저력!]

[송지유, i2i에 이어 드림걸즈도 대박! 어울림 신화 어디까지 가나?]

[음원 발매와 동시에 차트 올 킬! 소녀들의 꿈 이루어지다!]

[타이틀곡 'Heart breakers' 신드롬!]

['Heart breakers' 앨범 드림걸즈 멤버들이 직접 제작했다고 알려져 화제!]

[천재 소녀 이솔 또 일냈다! 'Heart breakers' 연일 기록 경신!]

"하하. 네네. 감사합니다, 팀장님. 잠시만요. 이기혁 실장님도 전화하셨네요."

대표실. 현우는 밀려드는 축하 전화에 정신이 없었다. 코인엔터의 백동원 팀장이나 플래시즈 엔터의 이기혁 실장 등 평소 친분이 있는 타 기획사 관계자들이 연신 축하를 전해왔다.

심지어 명함만 교환했던 타 기획사 관계자들도 문자로 축하 인사를 보내었다.

간신히 통화를 마친 현우가 대표실 의자에 푹 주저앉았다.

드림걸즈는 소녀들의 꿈을 이루어줬다는 평가를 받고 있었다. 포털 사이트를 장악하고 있는 기사들처럼 음원 차트 점령은 물론, 전국적으로 돌풍을 일으키고 있었다.

어울림 3 대 갓이라 불리는 엘시는 물론이고 다른 멤버들의 인기도 급격하게 높아졌다. 심지어 크리스틴은 파격 변신에 수많은 남성 팬들이 생성되었고, 연예인들 중에서도 뿌뿌뿌 덕후가 생겨나고 있었다.

음원 수입은 말할 것도 없었고, 광고나 대학 축제 등 온갖 스케줄이 밀려들고 있었다. 현우가 대표실을 나섰다.

다들 정신없이 바쁘게 업무를 보고 있었다. 업무의 태반이 드림걸즈와 관련된 일들이었다. 현우는 곧장 지하 1층 연습실로 향했다.

연습실 문을 열자마자 진한 열기가 느껴졌다. 엘시와 멤버들이 며칠 뒤 있을 음악 방송을 위해 연습을 게을리 하지 않고 있었다.

짝! 현우가 박수를 치며 잠시 연습을 끊었다.

"적당히 연습들 해요. 이러다 다치겠다, 다치겠어."

"오빠!"

"대표님!"

엘시와 멤버들이 현우를 반겼다. 현우가 팔짱을 낀 채로 드림걸즈 멤버들을 둘러보았다.

"어때요? 다시 제자리를 찾았는데, 아니, 어쩌면 인기가 우주까지 뚫고 올라가게 생겼는데?"

현우의 예상과 다르게 엘시와 멤버들이 숙연해졌다.

"난 오글거리니까 수진이 네가 해."

엘시가 크리스틴을 떠밀었다. 크리스틴이 현우를 향해 꾸벅 고개를 숙여 보였다.

"저희에게 다시 기회를 주시고, 또 믿어주셔서 감사합니다, 대표님. 대표님이 아니었으면 오늘의 저희들도 없을 거예요."

"진짜 짱이에요, 우리 대표님. 장가도 꼭 갈 수 있을 거예요."

"진짜 이 바보는 좀 빼자. 다음 앨범에서 빼자고!"

엘시가 유나를 노려보았다. 유나가 울상을 했다.

"……."

현우도 말이 없었다. 그동안 겪었던 수많은 일이 주마등처럼 머릿속을 스쳐 지나갔다.

위기도 많았고, 갈등도 많았다. 하지만 다행히 드림걸즈가 재기에 성공했다. 돈? 명예? 인기? 그 무엇으로도 느낄 수 없는 감정이 밀려들어 왔다.

"이제 저희 소처럼 일해서 대표님한테 빚진 거 10배로 갚아 드릴게요."

크리스틴과 멤버들이 결연한 표정을 했다. 현우도 일부러 놀란 척 눈을 크게 떴다.

"그렇게나 많이요? 와우. 신사옥 올리겠는데요? 회사 명패에 드림걸즈 이름부터 가장 먼저 새겨야겠네요."

"당연하죠! 돈 벌어다 준 액수대로 해요! 우리!"

엘시가 제안을 했다. 현우가 머리를 긁적였다.

"그럼 지유를 못 이길 텐데?"

"아, 걔가 있었지."

엘시가 난감해했다. 현우가 픽 웃었다.

"농담이지, 농담."

엘시가 고개를 저었다.

"아뇨. 그렇게 해요! 목표는 천년 묵은 구미호! 하나, 둘, 셋에 소처럼 일하자! 하나, 둘, 셋!"

"소처럼 일하자!"

엘시가 멤버들의 손을 모으며 소리쳤다.

*　　　*　　　*

"누가 내 욕하는 거 같아."

"언니, 귀 간지러워?"

"응. 조금."

비행기 안 송지유와 신지혜가 서로 대화를 나누고 있었다. 손태명은 승무원들이 가져다주는 담요나 간식을 받느라 정신이 없었다. 소개팅 프로그램 출연 이후 인기가 더 높아진 손태명이었다.

[잠시 후, 우리 비행기는 인천국제공항에 도착합니다.]

기장이 목적지 도착을 알려왔다. 송지유가 비행기 창문 너머를 내려다보았다. 이제 잠시 후면 한국으로 귀국을 한다.

신지혜가 송지유의 팔을 잡고 흔들었다.

"언니."

"응."

"현우 삼촌 마중 나온다고 했지?"

"응."

"나도 아빠가 마중 나온다고 했어. 민우 오빠랑."

"투 킬?"

"응."

"그래. 그래도 다른 멤버들이랑은 친하게 지내지 마. 바보들같아."

"응. 알았어."

거의 3개월 가까이 타지 생활을 했던 송지유였다. 잠시 떨어져 있는 현우도 그리웠고, 할머니와 동생 유라, 그리고 어울림 가족들도 모두 그리웠다.

영화와 관련된 중요한 일들이 조금 걱정되기는 했지만, 송지유 곁에는 현우라는 존재가 든든히 버티고 있었다.

'잘할 수 있어. 너만 잘하면 아무 문제없어, 송지유.'

사람들은 모른다. 천하의 송지유였지만 늘 무대에 오르기 전, 촬영에 들어가기 전, 떨리는 마음을 억눌러 왔다는 걸.

그렇게 주문을 외우듯 다짐을 한 다음 송지유가 다시 비행기 창문 너머를 내려다보았다.

*   *   *

오늘은 3개월 만에 송지유가 홍콩에서의 영화 촬영 스케줄을 마치고 정식으로 귀국을 하는 날이었다. 인천국제공항은 기자들뿐만 아니라 송지유의 팬들로 인산인해를 이루고 있었다.

그 속에서 현우와 최영진, 그리고 동생 송유라의 모습이 보였다. 신현우와 얼굴을 가린 투 킬의 모습도 보였다.

"우리 언니 12시 30분 비행기 맞아요? 형, 아니, 현우 오빠?"

"응. 살짝 연착되나 본데?"

현우가 송지유와 비슷한 분위기를 풍기는 송유라를 보며 말했다. 올해 고3인 송유라는 입시 미술 학원을 다니며 공부에 전념을 하고 있었다.

송유라가 핸드폰을 들여다보는 사이 최영진이 현우에게 조그맣게 속삭였다.

"형님, 형님."

"왜?"

"지유 동생이요. 연예인 할 생각 전혀 없대요?"

최영진의 말에 현우가 피식 웃었다. 누가 매니저 아니랄까 봐 최영진이 영업을 시도하고 있었다.

"유라는 그림이 좋다더라. 지유도 동생이 대중들에게 노출 되는 걸 별로 좋아하지 않아. 오늘은 뭐, 특별히 마중을 나왔 지만."

"아쉽네요… 제가 보기엔 딱 인데."

매니지먼트 A팀의 팀장으로서 최영진이 눈동자를 빛내고 있었다.

현우가 대견한 생각에 최영진의 어깨를 두들겨 주었다. 그 때였다. 공항이 떠나가라 함성 소리가 울려 퍼지기 시작했다.

"……."

새카만 선글라스를 쓴 채로 송지유가 신지혜의 손을 잡고 모습을 드러내었다. 기자들이 플래시를 마구 터뜨려 댔다. 마 중을 나온 팬들도 송지유를 반기느라 난리였다.

"우와~ 다 언니 보러 온 거지?"

"아마도."

송지유가 시크하게 대답을 했다. 그러고는 현우와 어울림 식구들을 찾기 시작했다. 신지혜는 그저 지금의 상황이 부러웠다. 새삼 송지유가 다른 세계에 사는 사람처럼 느껴졌다.

"언니! 언니!"

익숙한 목소리에 송지유의 고개가 돌아갔다. 동생 송유라가 교복 차림으로 손을 흔들고 있었다. 그 옆에는 현우와 어울림 식구들도 보였다.

송지유가 살짝 손을 들고 흔들었다.

"영진아, 너는 밴 대기시켜 놔. 인터뷰 금방 끝낼 테니까."

"예, 형님."

현우가 급히 송지유 무리 곁으로 합류했다.

공항 측의 도움을 받아 빠르게 포토 라인이 만들어졌다. 손태명의 지시에 따라 기자들이 일렬로 늘어서 송지유 앞으로 마이크를 갖다 대었다.

3개월 만의 정식 귀국이었다. 특종에 목마른 기자들이 앞다투어 질문들을 쏟아내기 시작했다.

"질문은 하나씩, 하나씩! 받겠습니다!"

현우가 쏟아지는 플래시 세례 속에서 간신히 입을 열었다.

"그쪽 기자님! 말씀하시죠."

"데일리 뉴스에서 나왔습니다! 3개월간의 홍콩 촬영을 마치고 돌아오셨는데요. 촬영 소감과 이후 한국에서의 일정을 말씀해 주시겠습니까?"

다른 기자들이 원성을 토해내었다. 질문을 두 개나 한 셈이었다.

송지유가 선글라스를 벗고 입을 열었다.

"홍콩에서 장삼우 감독님과 촬영을 하면서 연기자로서 더 성장할 수 있었던 것 같아요. 그리고 한국에서의 첫 일정은."

송지유가 현우를 슥 쳐다보았다. 말을 해도 되겠냐며 묻고 있는 것이었다. 현우가 고개를 끄덕였다. 굳이 뭐 비밀이랄 것도 없었다.

"한국에서의 첫 일정은 팬 여러분들을 만날 것 같아요. 3개월 동안 떨어져 있었으니까요. 혹시라도 변심을 했나, 안 했나 확인을 해야 할 것 같아요."

송지유의 농담에 기자들이 하하 웃었다.

"Hot 연예 뉴스입니다. 설날 특집 소개팅 프로에 특별 출연을 해주셨는데요. 김송딱이라는 유행어도 생겼고요. 김송딱이라는 단어에 대해 어떻게 생각하십니까? 그리고 만약 김현우 대표님에게 여자 친구가 생긴다면 어떻게 하시겠습니까?"

조금은 사적인 질문이었다. 하지만 송지유는 개의치 않았다.

"나쁘지 않은 단어 같아요. 개인적으로 마음에 드네요. 그리고 여자 친구가 생긴다면……."

송지유가 현우를 쳐다보았다. 현우는 왠지 모르게 목이

탔다.

"축하할 일이죠."

기자들이 묘한 분위기에 잠시 어리둥절해했다. 그런데 타이밍 좋게 다른 기자가 질문을 던졌다.

"시네마 무비에서 나왔습니다. 단독 주연 영화인 '아는 언니'를 두고 영화계에서는 말이 많은 걸로 알고 있는데요. 영화계에서는 전형적인 스타 마케팅으로 만들어지는 영화라고 우려를 하고 있는 실정입니다. 또 얼마 전 기사에 의하면 충무로의 기대작 '신의 노래'가 개봉 발표를 한 후, 상영관 숫자가 상당히 줄었다고 들었습니다. 이런 일련의 사태에 대해 어떻게 생각하시는지요? 그리고 '아는 언니'가 '신의 노래'를 흥행 성적으로 이길 수 있다고 생각하시는지요?"

손태명이 얼굴을 구겼다. 3개월 만에 귀국을 한 송지유였다. 그런데 영화 잡지사에서 조금은 무례한 질문을 하고 있었다.

손태명이 현우를 쳐다보며 눈빛으로 물었다. 네가 나서야 하지 않겠냐는 눈빛이었다. 현우가 고개를 저었다. 현우는 송지유를 믿고 있었다.

송지유의 흑진주 같은 눈동자가 시네마 무비 기자에게 향했다.

"스타 마케팅이라는 표현은 맞다 생각해요. 어찌되었든 저는 스타니까요. '신의 노래'에도 스타 배우분들이 많이 출연을 하신다고 들었어요. 그런 의미에서 스타 마케팅에 무슨 문제 있나요? 다음으로 상영관 숫자에 대해서도 특별히 말씀드릴 건 없어요. 판단은 관객분들의 몫이니까요. 아직 개봉도 하지 않은 두 영화를 두고 저까지 필요 없는 말을 보태고 싶지는 않네요. 더 질문 있으신가요?"

또박또박 논리 정연 하고 싸늘한 송지유의 대답에 시네마 무비의 기자는 물론 다른 기자들도 얼어붙었다.

"그렇다면."

얼어붙은 분위기를 타파하고자 다른 기자가 손을 들었지만 송지유가 고개를 저었다.

"질문은 여기까지 받을게요. 갑자기 피곤하네요?"

송지유가 다시 선글라스를 썼다.

"……."

"……."

S급 스타만이 뿜어낼 수 있는 포스에 질문을 하려던 기자들이 입도 뻥긋하지 못했다. 대신 무례한 질문을 던진 시네마 무비의 기자를 원망 섞인 시선으로 노려보기 시작했다.

시네마 무비의 기자가 쏟아지는 원망에 고개도 제대로 들지 못했다.

"가요. 늦겠어요."

송지유가 태연하게 현우를 찾았다.

*　　　　　*　　　　　*

"언니, 진짜 짱이야! 질문은 여기까지만 받을게요. 갑자기
피곤하네요? 진짜 멋있었어!"

신지혜가 송지유를 존경 어린 시선으로 올려다보았다. 기자
들을 쥐락펴락하는 S급 스타의 위용을 직접 본 건 이번이 처
음이었다.

"아빠, 지유 언니 멋있지? 그치?"

"그래. 그렇구나."

신현우는 조용히 웃기만 했다. 젊었을 적, 야생마로 불렸던
그였다. 그때의 자신은 안하무인이었다. 하지만 21살밖에 되
지 않는 송지유는 그야말로 탑스타다웠다.

한편, 투 킬은 송지유의 포스에 눌려 감히 말도 붙이지 못
하고 있었다. 그런데 눈치 없게 신지혜가 투 킬의 손을 잡아
끌었다.

"민우 오빠, 오빠!"

"어, 어?"

"여기 우리 지유 언니! 처음 보는 거지? 둘이 인사해."

"어?"

투 킬이 쩔쩔맸다. 송지유가 먼저 선글라스를 벗고 살짝 고개를 숙였다. 투 킬이 깜짝 놀랐다.

"갓 보이스의 투 킬 선배님이시죠? 송지유입니다. 우리 지혜를 잘 챙겨주셔서 감사해요."

"예? 예! 지유 후배님. 지혜가 워낙 착해서 저희 형들을 잘 챙겨주거든요. 조언도 많이 해주고. 저희가 더 감사하죠."

선배가 후배를 어려워하는 진풍경에 현우와 손태명이 숨죽여 웃었다. 그사이 초록색 밴이 나타났다.

"타시죠!"

최영진의 말이 떨어지기가 무섭게 드르륵! 밴의 문이 열렸다.

"언니!"

밴에서 송유라가 뛰어나오며 송지유에게 안겨들었다.

"보고 싶었어. 얼굴 좀 보자. 치, 여전히 예쁘네."

장난 섞인 말에 송지유가 송유라의 머리를 쓰다듬었다.

"너, 오늘 학원은?"

"얼굴 보자마자 또 공부 타령이야? 걱정 마. 주말에 보충 있으니까."

"꼭 가."

"꼭 갈 거야."

그제야 송지유가 안심을 했다. 거우 2살 차이인데도 송지유가 꼭 엄마 같아 보여 현우는 마음이 짠했다.

"일단 타자."

현우가 송지유와 송유라부터 밴 안에 태웠다. 그러고는 신현우 부녀 쪽으로 시선을 돌렸다.

"형님은 지혜랑 집으로 가실 거죠?"

"그래야 할 것 같아."

신현우가 어딘지 모르게 어색해 보였다. 현우가 신지혜를 내려다보았다.

"삼촌, 오늘 진이 작가님도 온대! 찜닭 해준다고 약속도 했어!"

"그랬구나?"

현우가 신현우를 다시 쳐다보았다.

"……"

신현우가 괜히 허공을 응시하고 있었다. 상남자 락커가 수줍어하는 모습이 현우가 보기에도 참 재밌었다.

"다른 멤버들도 오냐, 민우야?"

"아마 지금쯤 도착했을 겁니다, 작은 형님."

"그래? 네가 컨트롤 잘하고."

"후우. 그래야죠."

"뭐야? 바보 오빠들도 와 있어? 우리 집에?"

신지혜가 얼굴을 구겼다.

"승호 형 리무진 샀어, 지혜야."

"진짜?"

그제야 신지혜의 얼굴이 밝아졌다. 현우는 어이가 없었다. 신지혜를 이겨 먹으려고 리무진을 사다니, 참 여러모로 대책이 없는 친구들이었다.

"그럼 저희는 가보겠습니다."

"그래. 스케줄 끝나면 집으로 와. 오랜만에 사장님이랑 술 한잔하자, 현우야."

"네. 그러죠."

현우도 밴으로 올라탔다. 초록색 밴이 신현우 부녀와 투 킬을 두고 인천국제공항을 벗어났다.

* * *

그야말로 봄이었다. 하늘은 화창했고, 봄바람은 따뜻했다. 어울림 본사 앞 공터가 팬 사인회 현장으로 잘 꾸며져 있었다.

송지유의 전신이 담긴 대형 포스터들이 곳곳에 배치가 되어 있었고, 벌써 많은 팬들이 몰려와 있었다.

SONG ME YOU 팬 카페 회원들은 늘 그렇듯 다른 팬들을 안내하며 모범을 보이고 있었다.

팬 사인회 무대 뒤편에서 현우는 팬들을 살펴보고 있었다.

설렘 가득한 행복한 표정들을 보자 절로 흐뭇한 마음이 들었다. 송지유는 옆에서 의상과 메이크업, 헤어스타일을 최종적으로 점검하고 있었다.

"너 살 좀 쪄야겠어. 원피스 허리가 남잖아. 스몰 S도 남으면 어쩌자는 거야? 너 거기도 작아졌지?"

김은정이 송지유를 타박하고 있었다. 송지유가 휙 김은정을 노려보았다.

"여긴 멀쩡하거든? 마지막 남은 자존심은 건드리지 마."

"아, 네네~"

김은정이 마무리를 하고 송지유의 전신을 위아래로 살펴보았다.

하늘하늘거리는 개나리 색깔 원피스에 허리춤은 검은색 리본으로 묶어 포인트를 줬다. 그리고 길게 기른 머리에 살짝 컬을 넣어주었다. 송지유 전용 의상이었다. 그리고 봄에 어울리는 화사한 메이크업까지.

"오호?"

현우도 그렇고 손태명과 최영진도 크게 감탄을 했다. 얼마 전까지만 해도 송지유는 영화를 촬영하느라 냉혹한 킬러 그 자체였다. 그런데 또 이렇게 꾸며주자 분위기가 확 달라졌다.

김은정이 엉덩이를 툭툭 쳤다.

"웃어봐. 스마일."

"스마일~"

송지유가 화사하게 웃었다. 조소와 냉정함이 가득한 표정도 사라지고 없었다. 확실히 송지유는 송지유였다.

혹시나 흑화 역에 몰입해 있을까, 걱정하던 손태명도 이제야 마음을 놓았다.

"자, 그럼 오늘 행사 MC가 나설 차례네."

손태명이 현우를 쳐다보며 말했다. 현우가 후, 한숨을 내쉬었다.

"훈민이 형이나 민수 형 부르면 될 걸, 꼭 나를 부려 먹어, 너는?"

"소고기 값 메우려면 멀었다. 김현우 대표."

"하. 진짜 어째 우리 엄마보다 네가 잔소리가 더 많아? 이제 어지간하면 행사 MC는 외주 주자. 너 때문에 연예계에 부익부 빈익빈이 사라지질 않는 거라니까?"

"그 어느 기획사 대표가 팬들한테 투 플러스 등급 한우를 사주냐? 너 자선 사업가야?"

"팬들이 있기에 우리가 있는 거지."

"시끄럽고 빨리 올라가."

손태명이 현우의 등을 떠밀었다. 결국 현우가 등쌀에 못 이겨 무대 위로 올라갔다.

와아아!

현우의 등장에 기다리던 팬들이 환호를 보내어왔다.

"그렇지! 김송딱이지!"

김송딱은 물론 김태식이니, 김발놈이니 별의별 애칭들이 다 나왔다. 현우가 어깨를 으쓱하고는 마이크를 들었다.

"어, 음. 저번 회식에서 혹시 소고기 드신 분 있습니까?"

몇몇 팬들이 손을 번쩍 들었다.

"태명이가 소고기 값 메운다고 당분간 저보고 행사 MC 하라고 해서요. 하아."

여기저기서 웃음이 터졌다. 팬들이 손태명! 손태명! 목 놓아 부르짖고 있었다.

"내 편은 없네요. 어쨌든 오늘 지유가 홍콩에서 귀국했습니다."

와아아! 팬들의 함성이 팬 사인회 무대를 진동시켰다.

"지난 3개월 동안 국내 활동 한번 제대로 하지 못했다고 지유가 팬 여러분들에게 많이 미안해하고 있습니다. 그래서 이렇게 급히 팬 사인회 무대도 만들게 되었고요. 지유, 많이들 보고 싶으셨죠?"

"네!"

"송지유! 얼른 나와라!"

팬들이 송지유를 찾기 시작했다. 현우가 하하 웃었다.

"자자. 지유가 무대로 올라오기 전에 여러분들에게 공지를 남길 것이 있습니다. 지유가 부산에서 영화 촬영을 한다는 사실을 여러분들도 다 알고 계실 겁니다. 오늘 사인회가 끝나면 이틀 후 부산에서 사인회를 열겁니다. 그리고 부산을 시작으로 전국에서 사인회를 열 계획입니다.”

“오오!”

팬들이 뛸 듯이 기뻐했다. 지방에서 올라온 팬들이 특히 더 좋아했다. 서울에서 거주하는 팬들과 달리 지방 팬들은 송지유를 볼 기회가 현저히 적었다.

그런데 송지유가 바쁜 스케줄에도 사인회 투어를 결정했다. 팬들에겐 가뭄 속 단비와 같은 소식이었다.

열광적으로 환호하는 팬들을 보며 현우는 생각에 잠겼다. 오늘 아침 포털 사이트에서도 송지유의 영화가 전형적인 ‘스타 마케팅’ 영화라는 기사가 올라왔다. 인천국제공항에서 영화 잡지사의 기자가 던진 질문이 괜히 나온 것이 아니었다.

‘스타 마케팅이라고? 스타 마케팅이 얼마나 무서운지 제대로 보여주마.’

현우가 겉으론 웃으면서도 이를 악물었다.

송지유는 수많은 스타가 존재하는 연예계를 통틀어 최정상의 권좌에 앉아 있는 초특급 스타였다. 국민 여동생, 국민 가수, 최다 디지털 음원 다운로드 기록, 최장 기간 음원 올 킬 기록, 최연소 천만 배우, 광고 개런티 1위, 광고 모델 파급력 1위,

브랜드 가치 2년 연속 1위, 1인 기업 등 수식어도 한두 개가 아니었다.

한국 가요계의 원로들도 장차 한국 가요계의 역사에 길이길이 남을 차기 가수로 송지유를 가장 먼저 꼽고 있었다.

언론에서 스타 마케팅이라고 떠든다면 현우는 송지유의 파급력을 제대로 보여줄 생각이었다. 그동안 홍보와 마케팅에 소홀했던 이유는 단 하나였다. 음악으로, 혹은 연기로 승부를 보고 싶었기 때문이었다.

그런데 충무로 쪽에서 자꾸만 시비를 걸고 있었다.

'정산의 어울림? 홍보와 마케팅의 어울림이 뭔지 보여줄게.'

그사이 송지유가 화사한 봄기운을 사방으로 발산하며 무대에 올라왔다. 와아아! 팬들이 격하게 송지유를 반겼다.

"안녕하세요, 송지유입니다. 여러분~ 홍콩에서 지유가 돌아왔어요!"

애교 섞인 말투에 송지유가 손가락으로 하트까지 만들어 보였다.

현우가 씩 웃었다. 평소 팬들에게만큼은 살갑고 애교 넘치는 송지유이긴 했다. 하지만 전국 투어 사인회를 결정하며 송지유도 작정을 한 것 같았다.

벌써 많은 남성 팬들이 심장을 부여잡고 있었다. 팬 카페 닉네임인 꽃지유 그 자체였다.

　　　　*　　　　　*　　　　　*

[국민 소녀 송지유! 3개월여 만에 홍콩에서 귀국!]
[송지유 주연 영화 '아는 언니' 부산에서 촬영 시작!]
[송지유 귀국과 동시에 팬 사인회! 많은 인파 몰려]
[송지유, 전국 투어 팬 사인회 연다! 영화 촬영과 병행!]
[국민 소녀의 국내 컴백에 연예계가 시끌벅적!]
[국민 기획사 어울림, 좌 드림걸즈, 우 송지유로 연예계 정복!]

'예상대로야.'

부산행 KTX 특실 안, 현우가 노트북으로 포털 사이트 반응을 살펴보고 있다. 국내 주요 포털마다 송지유와 관련된 기사들이 넘쳐나고 있었다.

여러 대형 커뮤니티에서도 온통 송지유와 팬 사인회에 관련된 이야기들뿐이었다.

─송지유 더 예뻐진 거 봐; ㄷㄷ
─미모가 열심히 일하는 중 ㅋㅋ
─사진만 봐도 행복함.

—ㅇㅈ 사진만 봐도 흐뭇하다!

—3시간 넘게 사인회 했다는데 피곤한 기색 하나 없음;

—송지유 팬들은 팬질 할 맛 날 듯?

—당연한 거 아님?

포털 기사도 그랬고, 대형 커뮤니티마다 송지유 찬양 일색이었다. 특히 몸이 아픈 팬을 위해 직접 사인회 무대 아래까지 내려가 무릎을 꿇고 있는 사진이 큰 화제가 되었다.

—피곤할 텐데 손도 잡아주고 저 미소 봐봐 ㅠㅠ 심성도 곱다, 고와.

—솔직히 송지유는 부족한 게 없다

—팬 사인회 가볼까?

—난 부산 사는데 친구랑 갈 거임!

—송지유 영화 꼭 봅시다!

—저도 보러 갈 예정입니다 ㅋㅋ

이처럼 팬 사인회, 아니, 송지유가 가지고 있는 파급력은 실로 엄청났다. 솔직히 현우와 어울림 임원들도 기대 이상의 관심을 받게 되자 놀라고 있었다. 아무리 그래도 이 정도일 줄은 몰랐다.

물론 송지유와 몸이 아픈 팬의 사진은 의도적인 연출 사진이 절대 아니었다. SONG ME YOU의 송지유 사진사들이 그저 열심히 본분을 다했을 뿐이었다.

"이것 좀 보시죠. 하하."

김철용이 현우에게 자신의 노트북을 내밀었다.

'신의 노래' 제작사 측에서 올린 듯 보이는 홍보성 게시 글은 이미 몇 페이지나 뒤로 밀려 있는 상태였다. 댓글도 고작 서너 개가 전부였다.

게시 글 내용도 너무 티가 나게 홍보성 뉘앙스였다.

"부산 사인회 일정은?"

"센텀시티 신세대 백화점 측에서 쌍수를 들고 환영을 하던데요? 입점 기념으로 지유 님이 온다고 난리랍니다. 흐흐."

"그래?"

현우가 고개를 끄덕였다. 얼마 전에 부산에 국내 최대 규모의 쇼핑몰이 완공되었다. 송지유의 팬 사인회 장소로 제격이었다.

현우는 급히 핸드폰을 들었다.

―네, 대표님.

무뚝뚝한 음성이 들려왔다. 유선미였다.

"지유, 부산 팬 사인회 보도 자료 내보냈죠?"

―네. 지시하신 대로.

"최대한 많이 뿌려주세요. 인터넷 매체도 상관없습니다.

―네, 대표님.

"그래요. 그리고 우리 어울림 소속 아티스트들 개인 SNS도 좀 동원해 주시고요."

―그렇게 까지요?

유선미가 조금은 의아해했다. 소속 유명 연예인들의 SNS를 적극적으로 이용하는 타 기획사와 다르게 어울림은 소속 아티스트들의 개인 SNS를 전혀 터치하지 않았다. 사생활은 사생활이었기 때문이다.

"언플."

―네?

"이래서 언플, 언플 하나 봅니다. 마치 무수한 악수 요청이 쏟아지는 것 같은 기분이랄까요? 나쁘지 않은데요?"

―아, 네.

어지간해서는 잘 웃지 않는 유선미도 웃고 있었다.

"아무튼 이번만 고생합시다. 지유 영화만 잘되면 직원들도 더 뽑을 거고 언론홍보팀 정식으로 만들어줄 생각입니다, 선미 씨."

―네, 대표님. 감사합니다.

통화를 끝내고 현우는 빠르게 스쳐 지나가는 창밖을 바라보았다. 김철용이 옆에서 그런 현우를 존경스러운 눈빛으로 쳐다보고 있었다.

거대 기획사를 이끌고 있는 젊은 대표의 고뇌가 엿보인다랄까? 마치 세상의 모든 짐을 다 짊어지고 있는 것 같은 모습에 절로 시선이 갔다. 김철용은 현우를 바라보며 감동에 젖어 있었다.

"철용아."

현우가 묵직한 저음으로 김철용을 불렀다.

"네, 형님."

잠시 대화가 끊겼다. 긴장감에 김철용이 꼴깍, 침을 삼켰다.

"냉채족발 맛있냐?"

"예?"

"너 전역하고 친구들이랑 부산 여행 갔었다며? 맛있었어?"

"예. 마, 맛있습니다!"

왠지 힘이 빠졌다. 그런데 젊은 대표의 이런 소탈한 면이 진짜배기 매력이라는 생각이 들었다.

현우가 김철용의 어깨에 손을 얹으며 입을 열었다.

"오케이. 부산역 내리면 포장해서 숙소 가자. 지유가 사오라고 부탁까지 하네."

"예!"

*   *   *

"형님! 여기요!"

부산역 주차장에서 최영진이 현우와 김철용을 마중 나와 있었다. 쏟아지는 시선들 속에서 현우와 김철용이 서둘러 초록색 밴 안으로 올라탔다.

최영진은 송지유, 신지혜와 함께 하루 전에 먼저 부산으로 내려와 있었다.

"광고는요, 형님?"

드림걸즈가 음원 차트를 휩쓸고, 인기몰이를 하면서 광고 제의도 밀려들어 왔다.

"3개는 확정적이다."

"정말요?"

"광고주 측에서 오케이만 하면 2개 정도 더 잡힐 수도 있어."

"대박을 치긴 했나 보네요. 이 정도면 위약금 낸 건 그냥 복구하는 수준 아닙니까?"

"뭐 그렇지. 문제는 다연이가 기가 났다는 거야. 이제 미안한 기색도 없어. 내가 부산에 있는 동안 대표실은 자기가 쓴다던데?"

"대표실을요? 거기서 뭐 할게 있다고?"

"치킨이라도 뜯는단다."

"하하하!"

최영진이 박장대소를 했다. 현우도 씩 웃었다.

음료, 의류, 화장품 회사와 3개의 광고 계약을 맺었다. 특히 음료 회사는 미국에 본사를 두고 있는 국제적인 회사였다. 엘시와 멤버들이 동아시아권 대표 모델로 낙점이 되면서 엄청난 광고 개런티를 받게 되었다.

최영진이 김철용의 안내를 받아 냉채족발 가게로 향하는 사이 현우는 핸드폰을 꺼내 들었다. 그리고 SNS를 켰다.

엘시와 드림걸즈 멤버들, 이솔과 i2i 멤버들이 부산 송지유의 팬 사인회에 참석을 해달라며 연달아 셀카를 올려놓은 상태였다. 팬들은 물론이고 대중들의 관심이 쏟아지고 있었다.

"이것들은 대체 뭐냐? JG 측에서 관리를 아예 안 하는 거야?"

"네, 형님?"

최영진이 백미러로 현우를 살펴보며 물었다.

"아니, SNS에 갓 보이스 애들도 글 올렸는데?"

갓 보이스 멤버들이 현우와 신현우, 신지혜를 거론하며 송지유의 부산 팬 사인회에 가달라 글을 올려놓은 상태였다.

사석에서 친하게 지내긴 했지만 엄연히 갓 보이스의 소속사는 JG 엔터테인먼트였다. JG 입장에서는 충분히 불쾌할 수도 있는 사안이었다. 걸즈파워가 S&H에서 어울림으로 이적한 전례가 있었기 때문이다.

또한 정산의 어울림이라는 소문이 연예계에 공공연히 퍼지면서 계약 만료를 앞두고 있는 연예인들을 데리고 있는 기획사들은 어울림을 경계하고 있는 실정이었다.

"아, 그거요. 그렇지 않아도 JG 강 팀장님한테 전화도 왔었습니다."

신호가 걸리자 최영진이 한숨을 내쉬며 말했다. 현우가 얼굴을 구겼다.

"그거 다 지혜가 시켜서 그래요. 저도 옆에 있었습니다."

"그랬어? 강 팀장님은 뭐라고 했는데?"

"별말은 없었어요. 요즘 멤버들이 사람이 된 것 같다고 감사하다고 그러던데요?"

"맞아?"

"네. 지혜랑 계속 친하게 지내게 해달라고 부탁까지 하더라고요. 요즘 여자 문제도 없어졌고, 살 만하다네요."

현우가 헛웃음을 흘렸다. 동년배 아이돌도 아니고 나이 차이가 10년 이상은 났다. 어떻게 보면 참으로 기묘한 우정이었다.

"우리 쪽에서 지혜랑 못 놀게 해야 하는 거 아니야?"

"그렇긴 하죠. 그렇게 전할까요?"

"됐다. 나쁜 녀석들은 아니니까. 그리고 지혜한테 그 정도 인맥이 있는 것도 나쁘지 않아."

신지혜의 연예계 생활은 이제부터가 시작이었다. 어울림이라는 커다란 그늘이 있었지만, 갓 보이스 멤버들이랑 친분을 쌓아두는 것도 미래를 위해서 나쁘지 않았다.

그사이 초록색 밴이 냉채족발 가게로 도착했다. 현우는 서둘러 냉채족발을 포장한 다음, 해운대에 위치한 송지유의 숙소로 향했다.

*   *   *

해운대 W 호텔의 스위트룸 문이 벌컥 열렸다.

"오빠!"

"삼촌!"

송지유와 신지혜가 현우의 양팔에 매달렸다. 꼭 출근을 했다가 퇴근을 한 것 같은 기분이 들었다.

"냉채족발 사왔어요?"

"삼촌, 족발은?"

송지유와 신지혜가 동시에 물었다. 현우가 어깨를 으쓱했다. 양 손에 족발이 하나씩 들려 있었다. 냉채족발을 탁자에 올려놓은 다음 현우는 스위트룸 안을 둘러보았다.

옷가지가 여기저기 널려 있었다. 그러고 보니 신지혜도 원피스에 살짝 기초 메이크업까지 한 상태였다.

"뭐 하고 있었어?"

"셀카 찍어서 팬 카페에 올리고 있었어요."

"나도 언니랑 같이 올렸어!"

"그랬어?"

현우가 의자에 앉아 송지유의 노트북을 들여다보았다. 개인 SNS 계정은 물론, 팬 카페 SONG ME YOU 그리고 대표적인 거대 커뮤니티의 송지유 게시판에도 셀카 인증 글을 올려놓은 상태였다.

특히 개인 SNS나 팬 카페가 아니면 좀처럼 다른 곳에는 글을 남기는 법이 없는 송지유가 다른 커뮤니티에도 글을 올리자 반응은 폭발적이었다. 성지순례라는 말도 나돌고 있었다.

"이 악물었네, 송지유."

"스타 마케팅 이야기 꺼낸 건 오빠잖아요."

"그랬지. 잘했다, 지유야. 이제 살만 좀 다시 찌우면 되겠다."

홍콩에서의 촬영까지 따지자면 총 5kg이 빠졌다. 훅, 불면 정말이지 날아갈 것 같았다.

"일단 지혜랑 먹고 있어."

"오빠는요?"

"내일 부산 사인회 일정 좀 확인하고. 영진아?"

"네, 형님. 준비해 놓았습니다."

최영진이 당당하게 말을 했다. 처음 어울림에 입사를 할 때만 해도 솔직히 현장에서의 일을 제외하면 일처리가 늦은 최영진이었다. 하지만 요 근래 손태명에 이어 어울림의 에이스로 거듭나고 있었다.

"먹으면서 해요."

"응. 먹으면서 해!"

"밥은 편하게 먹어야지."

"오빠랑 같이 먹는 게 편해요."

"응. 그게 편해!"

"금강산도 식후경 몰라요?"

"금강산도 식후경 몰라, 삼촌?"

현우가 피식 웃었다. 저번 공항에서 송지유의 위용을 목격한 이후, 신지혜는 송지유를 맹목적으로 따르고 있었다.

"그래. 먹으면서 하자. 영진아, 맥주 있지?"

"네? 있긴 있는데요."

최영진이 송지유의 눈치를 봤다. 송지유가 괜찮다며 고개를 끄덕였다. 요즘 들어 상당히 관대해진 송지유였다.

"오케이. 맥주 한 캔 때리면서 일해볼까?"

김철용이 서둘러 테이블을 모아 임시로 회의실 분위기를 냈다. 그 위로 냉채족발과 맥주 캔, 노트북과 서류들이 동시에 깔렸다.

송지유와 신지혜는 오물오물 늦은 저녁 식사를 시작했다.

현우와 최영진, 김철용은 슈트 상의를 벗어던지고 팔까지 걷어붙인 채로 일에 빠져들기 시작했다.

"신세대 측에서 사인회 장소로 1층 본관 광장을 내준다고 연락이 왔습니다."

최영진이 첫 보고를 했다.

"예상 수용 인원은 몇 명까지야?"

"음. 신세대 측에서 오백에서 맥시멈 천 명 정도로 잡고 있더라고요."

"그래?"

현우가 잠시 생각에 잠겼다. 맥시멈 천 명이면 제법 많은 숫자였다.

현우가 슥, 송지유를 쳐다보았다. 홍콩에서의 빡빡한 촬영 스케줄과 고난도의 액션 연기로 체력도 많이 떨어져 있었다. 그런 상태로 천 명 정도의 팬들을 직접 만나야 했다.

송지유가 젓가락을 내려놓았다.

"괜찮아요. 저를 보려고 직접 찾아와 주시는 분들도 있는데, 힘들지 않아요."

"정말 괜찮겠어?"

"응. 괜찮아요."

송지유는 태연했지만 현우는 괜히 불안했다. 그동안 연예계에 데뷔한 이래 지금처럼 바빴던 적이 없던 송지유였다.

"영진아."

"네, 형님."

"혹시 모르니까 곡 두 곡 정도만 스탠바이 시켜놓자."

"노래요? 아하! 그게 좋겠네요."

최영진이 고개를 끄덕였다. 체력 안배를 위한 일종의 방책이었다.

"경호 인력은?"

"지유랑 지혜 근접 경호는 우리 수호 팀이 맡을 겁니다. 행사장 안전은 신세대 측에서 책임진다고 하던데요?"

"오케이. 대충 판은 짜인 것 같다."

현우가 노트북을 덮었다.

*   *   *

센텀시티에 새롭게 들어선 초대형 쇼핑몰 신세대 백화점 전면에 송지유의 사진이 담긴 초대형 현수막이 걸려 있었다.

[국민 소녀 송지유 부산 팬 사인회!]

거리를 지나던 부산 시민들이 삼삼오오 모여 사진들을 찍고 있었다. 그때, 초록색 밴이 도로 위로 모습을 드러내었다.

와아아! 커다란 환호성이 터졌다.

"송지유다!"

부산 팬들이 사방에서 우르르 몰려들었다.

"뭐, 뭐야?"

최영진이 크게 당황해했다. 엄청난 인원이었다. 결국 밴이 인파에 막혀 멈추어 섰다.

"부산 팬들 장난이 아닌데요? 이렇게 많았나?"

정겨운 사투리들이 쏟아지고 있었다. 항구 도시인만큼 팬들의 열정이 뜨거웠다.

스르륵. 송지유가 살짝 창문을 내렸다. 그리고 손을 흔들었다.

와아아! 귀청이 떨어질 것처럼 엄청난 함성들이 쏟아졌다.

"오빠?"

"오케이."

현우가 서둘러 어울림 전용 확성기를 건네주었다. 송지유가 창문 밖에 확성기를 대고 입을 열었다.

"안녕하세요! 송지유입니다! 부산에 와서 부산 팬 여러분들 직접 보게 되어서 너무 행복해요! 그런데요! 길 좀 비켜주세요! 저 사인회 늦으면 안에서 기다리시는 팬분들한테 혼나요!"

나긋나긋하고 애교 섞인 서울말에 부산 팬들이 잠시 멍을 때렸다. 그러고는 앞다투어 길을 트기 시작했다.

"비키라! 뭐 하노?!"

"비킬 끼다! 얼굴 함 더 보고!"

"마! 내 얼굴을 봐라!"

부산 팬들이 티격태격하면서도 서둘러 길을 비켜주었다.

팬 사인회 시간에 겨우 맞춰 현우 일행은 VIP 주차장에 도착할 수 있었다.

"이쪽입니다! 가시죠!"

신세대 백화점 직원들이 급히 현우 일행을 팬 사인회 장소로 안내했다.

"대표님."

미리 사인회 현장을 체크하고 대기 중이던 최호연과 수호 팀이 서둘러 송지유와 현우 일행을 경호하기 시작했다.

"상황은 어때요?"

현우가 물었다. 최호연이 입을 열었다.

"직접 보셔야 할 것 같습니다, 대표님."

아리송한 대답이었다. 과묵한 최호연은 더 이상 입을 열지 않았다. 수호 팀에게 둘러싸여 송지유와 현우 일행이 1층 팬 사인회 장소로 들어섰다.

검은 천을 사이에 두고 김은정이 최종적으로 송지유를 살폈다.

"형님, 밖이 너무 조용한데요?"

최영진이 불안에 떨었다. 정말로 그랬다. 현우도 뭔가 이상함을 느꼈다. 신세대 백화점 측 직원들도 걱정스러운 표정을 하고 있었다.

어쩌면 예상 인원보다 적은 숫자의 팬이 왔을 수도 있겠다는 생각이 들었다.

"팬 사인회 1분 전입니다!"

행사장 진행 요원이 작게 소리쳤다. 길게만 느껴졌던 시간이 흐르고, 새하얀 순백의 원피스를 입은 송지유가 팬 사인회 무대로 걸음을 옮겼다.

촤악! 진행 요원들이 좌우에서 검은 천을 걷었다.

와아아! 와아아! 1층 메인 광장이 뒤흔들릴 정도로 엄청난 함성이 터졌다.

송지유가 두 눈을 크게 떴다. 놀라기는 현우도 마찬가지였다.

"대체 이게? 몇 명입니까? 몇 명이에요?"

현우가 신세대 측 남자 팀장에게 물었다.

"죄, 죄송합니다. 저희 측 추정으론 3, 3천 명은 되는 것 같습니다, 대표님. 정말 죄송합니다. 미리 통제를 했어야 하는 건데… 갑자기 이렇게 되어버리는 통에."

신세대 백화점 측이 내내 걱정스러운 표정을 지었던 까닭을 알아챈 현우가 하하 웃었다.

팬 사인회에 3천 명이라는 엄청난 숫자의 팬들이 몰려들었다. 절로 입가에 미소가 지어졌다.

현우가 슈트 상의를 벗은 다음, 팔을 걷어붙였다.

"영진아, 옷 벗어라."

"예? 갑자기요?"

"지유 혼자 3천 명분 사인을 다 하게 만들 셈이야? 우리라도 도와야지."

"예?!"

"어울림 F4 네 명이 전부 모이지는 않았지만 너랑 나 정도면 어떻게 가능하지 않겠냐?"

"……."

최영진이 입을 떡 벌렸다. 아직도 소개팅의 흑역사가 머릿속에 생생했다. 덕분에 김선영 아나운서와 만남을 이어갈 수 있었지만, 아직도 밤에 가끔 이불을 걷어차곤 했다.

"혀, 형님! 어디 가세요?"

"잊었냐? 내가 오늘 행사 MC야. 오늘 행사만 잘하면 태명이가 소고기 값 전부 빼준다는데?"

현우가 서둘러 무대 위로 향했다.

와아아! 부산 팬들의 함성이 팬 사인회 현장을 뜨겁게 만들었다. 3천 명이 넘는 어마어마한 인원으로 쇼핑몰 1층 메인 광장이 발 디딜 틈 없이 꽉 차 있었다.

송지유가 살짝 미소를 머금자 양 볼에 보조개가 파였다.

"가시나! 뭐 그리 귀엽노!"

터프한 멘트에 송지유가 풋 웃어버렸다. 그리고 부산 청년들을 향해 손가락 하트를 날렸다.

"오빠야들, 밥은 묵고 내 보러 왔나?"

"으아악!"

송지유의 부산 사투리에 부산 청년들이 서로 엉켜 쓰러지는 시늉을 하며 난리법석을 부렸다.

송지유가 다시 목을 가다듬었다. 그러고는 마이크를 꼭 쥐고 입술을 열었다.

"부산 팬 여러분! 정식으로 인사드릴게요! 안녕하세요! 송지유입니다!"

꾸벅, 송지유가 고개를 숙였다. 송지유 특유의 인사에 또 함성이 쏟아졌다. 송지유도 부산 팬들을 향해 열심히 손을 흔들어주었다.

"고향에 다시 돌아와서 너무 기뻐요! 저도 부산 출신이거든요! 아시죠?"

더욱 뜨거운 환호가 쏟아졌다.

"그럼 오늘! 행사 MC 모셔볼게요!"

송지유의 멘트와 함께 현우가 무대 위로 올라왔다.

"안녕하십니까! 어울림 엔터의 김현우입니다."

"김송딱!!"

"김태식 형님!"

여지없이 쏟아지는 별명 세례에 현우가 피식 웃었다.

"네. 그래서 제가 왔습니다. 오늘 생각보다 정말 많은 팬 여러분들이 찾아와 주셨습니다. 어떠세요? 우리 지유 진짜 예쁘지 않습니까?"

긍정의 환호성이 쏟아졌다. 현우가 손을 들어 호응을 했다. 송지유가 풋 하고 또 웃어버렸다. 이제 아예 부업이 행사 MC가 되었을 정도로 진행도 능숙해진 현우였다.

"음. 오늘 찾아와 주신 팬 여러분들에게 지유가 전부 사인을 해드려야 하는데, 그건 현실적으로 좀 힘들 것 같습니다."

사인회는 신세대 백화점 홈페이지에서 인터넷으로 신청을 해야 했다. 그것도 선착순이었다. 사인 신청 인원은 정확히 500명. 팬 사인회에 모인 팬들의 숫자에 비하면 턱없이 적은 숫자였다.

사인을 받지 못함에도 부산 팬들은 전혀 아쉬운 기색이 없어 보였다. 송지유가 마이크를 들었다.

"아쉽지 않으세요? 그럼 저 갈까요?"

불퉁한 표정을 지으며 송지유가 휙 몸을 돌렸다. 그리고 무대 아래로 내려가는 척을 했다. 남녀노소 가리지 않고 부산 팬들이 가지 말라며 소리를 질렀다.

그리고 아쉬움의 탄성을 내뱉기 시작했다. 송지유가 다시 무대 중앙으로 돌아왔다.

"그래요. 이런 반응이 나와줘야죠? 저 새벽부터 예쁘게 보이려고 준비 많이 했으니까요. 오늘 팬 사인회에 찾아와 주셔서 정말 감사해요. 그렇지만 여러분들 전부에게 사인을 해드릴 순 없을 것 같아요."

진심이 담긴 아쉬움의 탄식이 곳곳에서 쏟아졌다. 송지유가 오른팔을 들어 보였다. 그러고는 원피스를 살짝 걷었다. 새하얗고 가느다란 팔이 드러났다.

"제 팔뚝 보이시죠? 되게 얇죠? 그러니까 봐주세요."

송지유의 애교에 부산 팬들이 사르륵 녹았다.

"그 대신! 노래 한 곡 할까요?"

송지유가 손가락 하나를 들어 보이며 협상 아닌 협상을 했다. 노래를 불러주겠다는 말에 팬들이 좋아서 난리가 났다.

"지유가 잘하네요, 형님."

현우 옆에 나란히 선 최영진도 만족스러운 얼굴을 하고 있었다.

"지유니까. 우린 일단 지켜보자."

팬들을 쥐락펴락 하는 송지유를 보며 현우는 마음을 놓았다. 행사 MC로서 그다지 할 일이 없어 보였다.

"낙엽편지 불러 드릴게요."

와아아! 부산 팬들의 환호가 쏟아졌다.

'낙엽편지'는 송지유 정규 1집 앨범 '가을'의 타이틀곡으로, 최다 음원 다운로드 기록과 최장 기간 음원 차트 1위 기록 등을 가지고 있는 메가 히트곡이었다.

"매니저 오빠?"

송지유가 현우를 찾았다. 현우가 헛웃음을 흘렸다. 늘 그렇듯 '낙엽편지'를 부르기 전에 의식처럼 행하는 일이 있었다.

"형님, 제가 나갈까요?"

"아니야. 지유 매니저는 나다."

현우가 서둘러 의자와 클래식 기타를 챙겨 무대로 뛰어나갔다.

"빨리! 빨리!"

송지유가 팔짱을 낀 채로 현우를 재촉했다. 부산 팬들이 하하! 웃음을 터뜨렸다. 의자를 세팅하고 클래식 기타를 의자에 기대어 놓은 다음 현우가 송지유에게 잘하라며 눈빛을 보냈다.

송지유가 의자에 앉아 살짝 다리를 꼬았다. 그리고 클래식 기타를 무릎에 올려놓았다. '낙엽편지'의 전주가 흘러나왔다. 그에 맞추어 송지유가 눈을 내리깔고 기타 연주를 시작했다.

오오! 부산 팬들이 송지유의 아름다운 자태에 감탄을 터뜨렸다. 그리고 숨까지 죽인 채 송지유의 노래에 빠져들기 시작했다.

*　　　　　*　　　　　*

'낙엽편지'에 이어 송지유가 정규 1집 마무리 앨범에 실려 큰 인기를 끌었던 '가을이라서'를 열창했다.

1층 메인 광장도 모자라 2층과 3층, 4층 난간으로도 팬들이 몰려들었다. 팬 사인회를 넘어 그 열기는 콘서트를 방불케 했다.

신세대 백화점 측의 직원들과 뒤늦게 팬 사인회 현장을 찾은 임원들은 함박웃음을 짓고 있었다.

"감사합니다, 김현우 대표님. 이만한 홍보가 없는 것 같습니다. 허허!"

40대를 훌쩍 넘긴 고위 임원 한 명이 공손한 자세로 현우에게 손을 내밀었다. 현우가 그의 손을 잡아주었다.

"감사는요. 좋은 장소를 마련해 주셔서 오히려 저희가 더 감사하죠."

그렇게 말하고 현우는 무대 위 송지유를 지켜보았다. 역시 무대 위에 있어야 빛이 나는 아이였다.

"영진아."

"네, 형님."

"가서 인원 체크 좀 해줘."

"네."

송지유가 '가을이라서'를 부르는 동안 최영진이 행사를 담당한 부서 직원들과 이야기를 나누고 돌아왔다.

"몇 명이래?"

"사, 사천 명은 훨씬 넘긴 거 같다는데요?"

"그래? 기자들은?"

"네. 벌써 왔죠. 저기 저쪽에 있습니다, 형님."

"오케이."

현우의 시선이 팬 사인회 무대 구석으로 향했다. 벌써 상당한 인원의 기자가 몰려와 있었다. 기자들도 콘서트 장소가 되어버린 팬 사인회 현장을 사진으로 남기느라 정신들이 없었다.

"철용이랑 같이 최대한 기자들한테 협조하고, 팬 사인회 끝나면 지유가 인터뷰해 준다고 전해."

"네, 형님."

최영진이 김철용과 기자들이 있는 곳으로 뛰어갔다.

그사이 '가을이라서'가 끝나가고 있었다. 현우가 서둘러 무대 위로 올라갔다. 무대에 올라간 현우는 부산 팬들을 살펴보았다.

표정들이 몽롱했다. 송지유가 노래를 부르고 난 뒤 흔히 볼 수 있는 광경이었지만, 늘 그렇듯 현우도 뿌듯함이 밀려들어 왔다.

"수고했어, 지유야."

현우가 송지유의 어깨를 다독여 주었다. 클래식 기타를 세워놓고 송지유가 의자에서 일어났다.

"노래 잘 들으셨나요, 여러분?"

전보다 더 큰 환호가 쏟아졌다. 기존 팬들은 물론이고 많은 부산 시민들이 송지유의 열렬한 팬이 되어 있었다.

"저! 밑에서 물 좀 마시고 다시 올게요!"

송지유가 손을 흔들며 무대 아래로 내려갔다. 부산 팬들이 아쉬워했지만 현우가 서둘러 입을 열었다.

"여러분들 즐거우셨습니까?"

"네!"

팬들이 한마음 한목소리로 대답을 했다.

현우가 가만히 부산 팬들을 둘러보았다. 제2의 수도로 불리며 대도시의 자태를 뽐냈지만, 서울과 거리가 먼 탓에 부산을 찾는 연예인들의 수는 극히 적었다.

이러한 상황에서 국민 소녀라 불리는 송지유가 부산에서 팬 사인회를 열었다. 부산 팬들과 시민들의 관심이 뜨거울 수밖에 없었다. 뭐랄까, 문화적인 깊은 갈망이 느껴졌다.

그리고 현우는 시종일관 열광적인 부산 팬들이 고마웠다.

'앞으로 지방 공연도 자주자주 다녀야겠어.'

생각을 정리한 현우가 마이크를 들었다.

"당분간 지유가 부산에서 지내면서 영화 촬영을 할 것 같습니다. 오늘은 저희의 예상과 다르게 정말 많은 분들이 찾아와 주셨습니다. 여기 계신 모든 분들에게 사인을 해드리고 싶은 마음이 굴뚝같습니다. 꿩 대신 닭이라고 혹시 저랑 영진이 사인이라도 받고 싶은 분들 계십니까? 팔이 남아나는 한 최대한 사인해 드리겠습니다."

"저요! 저요!"

제법 많은 숫자의 여성 팬들이 손을 들었다. 가족 단위 팬들도 여럿 보였다. 현우가 고개를 끄덕였다. 그런 다음에 잠시 숨을 골랐다. 마지막으로 할 말이 더 남아 있었다.

"그리고 한 가지만 더 말씀드리겠습니다. 부산에서 최초로 말씀을 드리는 겁니다."

"김태식 최고다! 멋있다!"

부산 팬들이 정말로 좋아했다. 중대한 사안을 이곳에서 가장 먼저 공개하겠다는 말 덕분이었다.

부산 시민들이 현우에게 집중을 하고 있었다. 현우가 잠시 뜸을 들인 다음 마이크를 들었다.

"오늘 아침 지유와 지혜가 출연하는 우리 영화 '아는 언니'의 미국 개봉과 중국 개봉이 결정되었습니다."

팬 사인회 현장에 침묵이 감돌았다.

"미국이랑 중국 개봉?!"

"뭐야? 진짜야, 이거?"

전후 사정을 알고 있는 기자들이 크게 놀라 버렸다. 미국과 중국 동시 개봉이라니… 한국산 영화로서는 몇 번 없었던 이례적인 대형 사건이었다. 기자들이 미친 듯이 플래시를 터뜨리기 시작했다.

그사이 송지유가 무대로 다시 올라왔다. 그러고는 말을 보탰다.

"저 어쩌면 미국이나 중국에 진출할지도 모르겠어요."

"대, 대박!"

"갓 지유 최고다!"

뒤늦게 상황을 파악한 부산 팬들이 커다란 환호성과 함께 현우와 송지유를 축하해 주었다. 현우가 송지유 너머 기자들을 쳐다보며 회심의 미소를 지었다.

배급사이자 멀티플렉스를 가지고 있는 CV에서 제시한 상영관 숫자는 고작 300개 선이었다. 다른 멀티플렉스 플랫폼도 별반 차이가 없었다. 원래 한국 대기업이라는 곳들은 서로 간의 이득을 위해서라면 단합을 참 잘했다.

"미국 할리우드와 중국 전역에 지유와 지혜의 영화가 걸릴 겁니다."

와아아! 부산 팬들이 휘파람까지 불며 축하를 해주었다.

미국 할리우드야 말할 것도 없었다. 전 세계 모든 영화인들의 최종 목표이자 꿈인 곳이었다. 또한 황사 머니도 괜히 무서운 게 아니었다. 중국에서는 흥행에 실패한 영화의 관객 동원 숫자만 해도 4, 5천만 명을 가뿐히 넘기곤 했다.

또한 한류 돌풍과 더불어 중국 내에서 송지유의 인기도 무서울 정도였다. WE TUBE를 통해 송지유가 불렀던 등려군의 노래가 엄청난 조회 수를 기록하고 있었다. 덕분에 한 번도 중국 활동을 하지 않았지만, 대부분의 중국 청년들이 송지유를 좋아하고 있었다.

그리고 장삼우 사단도 엄밀히 따지면 중화권에 그 배경을 두고 있다.

이처럼 한류 돌풍과 송지유가 불렀던 등려군의 노래 영상들, 그리고 장삼우라는 중국 거장 감독의 존재가 중국 개봉에 큰 영향을 주었고, 결국 중국 최대 영화 제작사이자 배급사인 화류 영화사에서 '아는 언니'의 개봉을 결정했다.

아직 언론에 한 번도 공개하지 않은, 그야말로 초특급 발언을 김현우 대표가 아무렇지도 않게 내뱉고 있었다. 마치 당연하다는 듯 말이다.

"충무로에서 난리가 나겠는데요?"

"제대로 엿 먹은 거죠. 중국은 둘째 치고 할리우드에서도 개봉을 하니 말입니다. 충무로 고인물들이 배가 좀 많이 아프겠네."

"CV도 골치 좀 아프겠네요. 이거 참 무슨 경우야? 대체?"

기자들도 서로 의견을 주고받았다. 그리고 현우를 집중적으로 카메라에 담기 시작했다.

현우가 다시 입을 열었다.

"좋습니다! 그럼 5분 후에 사인회 시작하겠습니다!"

함성이 쏟아졌다. 신세대 백화점 측 직원이 무대로 올라와 현우와 바통 터치를 했다. 현우가 송지유와 함께 대기실로 향했다.

벌컥, 문을 열고 들어온 현우가 급히 최영진을 찾았다.

"영진아!"

"네, 형님!"

"사인회 준비해라."

"결국 형님이랑 저도 하는 겁니까?"

"해야지. 사인회 끝나면 이틀 휴가 보내 줄 테니까 서울 다녀와."

"예? 진짜요?"

"그래. 가서 선영 씨도 보고 내 안부도 좀 전해줘라."

"예!"

최영진이 싱글벙글 웃으며 어쩔 줄을 몰라 했다. 현우가 시선을 돌려 송지유를 살펴보았다. 김은정이 열심히 메이크업을 수정하고 있었다.

"3분 남았다. 은정아?"

"오케이. 다 끝나가요!"

김은정이 서둘러 메이크업 수정을 마무리했다.

"갑시다."

수호 팀의 호위를 받아 현우와 송지유, 최영진이 팬 사인회 무대로 향했다.

*   *   *

한편, 서울 연남동에 위치한 어울림 엔터는 언론사들의 쏟아지는 문의에 그야말로 폭격을 당하고 있었다.

현우가 부산 팬 사인회 현장에서 미국 개봉과 중국 개봉을 알리며 폭탄 발언을 던졌기 때문이었다.

"왜 이렇게 전화들을 안 받아?"

손태명이 김철용에게로 전화를 걸었다.

―예, 태명 형님! 철용입니다!

"김현우랑 최영진 뭐 하고 있어?"

―그게, 지금 두 형님 전부 사인 중입니다.

"사인? 후우… 그래. 현장 반응은 좀 어때?"

—난리 났습니다, 형님. 기자들도 난리고 팬들도 좋아서 난리입니다.

"서울도 난리 났다. 6.25 때 난리는 난리도 아냐. 그러니까 팬 사인회 끝나고 정식 인터뷰 때 말을 하라니까 왜 갑자기 터뜨린 거야?"

핸드폰 너머 김철용이 머뭇거렸다. 손태명의 앞으로 이혜은이 급히 노트북을 들이밀었다.

[송지유, 부산 팬 사인회 현장에 4천 명 인파 몰려!]

헤드라인과 함께 빼곡하게 들어찬 부산 시민의 모습이 담긴 사진이 보였다. 손태명이 한숨을 내쉬었다. 오백 명이었던 예상 인원에서 8배가 넘는 부산 시민이 몰렸다. 대충 현우의 상황이 이해가 되었다.

정식 인터뷰보다 이런 극적인 상황에서 폭탄 발언을 하는 편이 훨씬 효과적이라는 판단도 들었다.

—태명 형님? 화 많이 나셨어요?

"아냐. 잘한 건 맞는데, 숨 쉴 틈 좀 달라고 전해. 그리고 현우한테 말해줘. 정식으로 보도 자료 뿌린다고."

—예, 형님!

"수고하고."

―예!

전화를 끊자마자 유선미가 손태명에게 손짓을 보냈다.

"누군데요?"

"CV인데요?"

"김미영 팀장님입니까?"

"아뇨."

"그럼 바쁘다고 끊어요."

같은 배를 탄 김미영 팀장과는 이미 이야기가 되어 있었다. 아마 저 전화는 CV 상부 쪽의 전화일 것이다. 정확히 말하면 '신의 노래'에 어마어마한 액수를 투자한 '투자자' 겸 '제작사'인 CV 쪽일 것이다.

"저, 죄송합니다. 저희가 많이 바빠서요."

유선미가 대놓고 툭, 전화를 끊었다.

"자, 그럼 이제 우리도 갑질이란 것 좀 해봅시다."

손태명이 넥타이를 거칠게 풀어내며 안경을 고쳐 썼다.

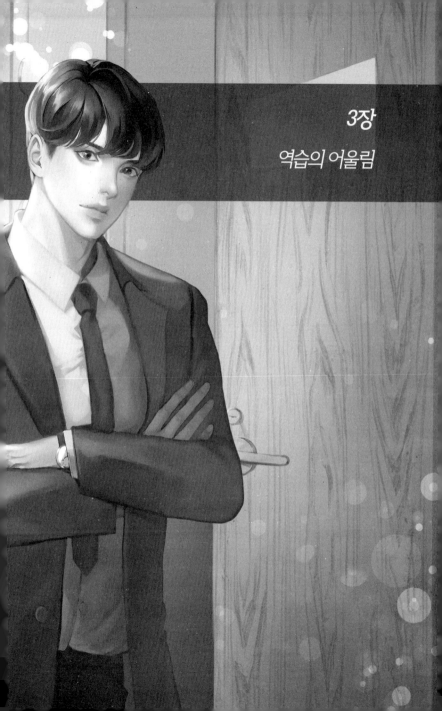

3장

역습의 어울림

[송지유! 역대급 부산 팬 사인회! 클래스를 보여주다!]

[콘서트 현장을 방불케 한 송지유의 부산 팬 사인회!]

[국민 소녀의 인기는 무서웠다! 팬 사인회에 추정 4천 명 몰려!]

─부산에서만 4천 명 ㅋㅋㅋ 부산 팬들 장난 아니네?

─갓 지유답다고 평가할 수 있음. ㄹㅇ 혜자 팬 사인회였다는데 다녀온 사람들만 계 탄 거지 뭐 ㅋㅋㅋㅋ

─여왕이 돌아오기는 한 것 같음. 죄다 송지유 이야기임 ㄷㄷㄷ

─서울에서 팬 사인회 또 안 하나요? ㅠㅠ

역시 송지유였다. 포털 사이트마다, 또 여러 많은 커뮤니티마다 송지유의 부산 팬 사인회에 대한 이야기와 사진들이 넘쳐났다.

서울행 KTX 특실 안, 현우는 늘 그렇듯 노트북으로 언론과 대중들의 반응을 살펴보고 있었다. 현우의 시선이 다시 노트북으로 향했다. 기사를 살펴본 현우의 입가에 살짝 미소가 지어졌다.

[어울림 엔터 김현우 대표, 부산 팬들 앞에서 폭탄선언! 송지유 주연 '아는 언니' 미국 개봉에 이어 중국 전역에 개봉!]

['아는 언니' 한국 영화계에 태풍의 눈으로 등극하나?!]

[한국 영화계의 현 주소, 한국에선 상영관 300개 영화가 미국 할리우드, 중국 전역엔 동시 개봉? 무엇이 문제인가?]

천만 배우이자 주목받는 신인 여배우 송지유가 작년 가을, 중국 출신 할리우드의 거장 장삼우 감독의 영화에 출연한다는 소식을 알렸다. 당시 한국 영화계에서는 여배우 단독 주연의 느와르는 비주류 장르이기에 큰 우려를 비추었다. 그리고 결국 한국 배급사인 CV에서는 본래 600여 개 이상이었던 상영관 숫자를 300개, 즉 반으로 축소하는 횡포를 휘둘렀다. 송지유의 소속사인 어울림 엔터의 김현우 대표와 거장 장삼우 감독은 대책으로 미국과 중국 개봉을 추진한 것 같다. 그리고 어제 김현우 대표는 부산 시민들 앞에서 미국 할리우드 진출과 더불어 중국 전역 개봉을 당당히 알렸다. 과연 무엇이 문제였을까? 근본적인 이유는 한국 영화계가 가지고 있는 고질적인 문제에서 시작된다. 미국 할리우드보다 더욱 철저하게 자본 중심, 남성 우월주의로 돌아가는 곳이 한국 영화계임을 알고 있는 대중들은 그리 많지 않다. 감독들 또한 그들의 필모그래피보단 관객 동원 숫자로 평가를 받는다. 배우 역시 마찬가지이다. 그들의 영혼이 담긴 연기력보단 티켓 파워로 평가를 받는다. …중략… 그렇다면 '아는 언니'와 '신의 노래'의 차이점은 무엇일까? CV라는 같은 배급사를 가지고 있는데 2배에 가까운 상영관 차이를 보이는 이유 말이다. 그 이유는 바로 '신의 노래'의 제작사는 CV E&M이고 '아는 언니'의 제작사는 미국과 중화권의 중견 제작사라는 점이다. CV E&M의 이러한 횡포는 '아는 언니'에만 국한된 것이 아니다. 한국의 수많은 중소형 영화 제작사들이 영화 제작과 배급에 큰 어려움을 겪고 있다. 일부 영화인들은 멀티플렉스에 대항할 연합 상영관을 만들어야 한다며 주장을 하고 있기도 하다. …중략…

"흠."

현우가 턱을 괸 채로 문화 평론가 곽일산 씨가 기고한 장문의 칼럼에서 눈을 떼지 못하고 있었다.

'이분도 오늘만 산다는 마인드인가.'

솔직히 구구절절 맞는 말들뿐이었다. 국제 영화제에서 찬사를 받은 한국 예술 영화들이 고작 수십 개의 상영관에 걸리고 마는 현실이 지금의 영화계였다. 대기업 멀티플렉스가 독점하고 있는 상영관에서 그들이 보여주는 영화만 봐야 하는 게 한국 관객들의 현실이기도 하다.

칼럼을 시작으로 기자들이 앞다투어 '아는 언니'가 겪고 있는 부당한 대우를 고발하는 기사들을 내보냈다.

대중들의 반응은 예상대로였다. 국민 기획사 어울림, 국민 소녀 송지유가 아니던가. 대중들이 한국 영화계를 향해 온갖 쓴소리들을 내뱉고 있었다.

─그놈의 독점; 에휴; 퉤!

─송지유 영화가 원래 상영관 600개였다는데, 지들이 돈 들여서 제작한 영화라고 신의 노래에 특혜 줌. 진자 토 나온다. 나도 퉤퉤!

─한국 영화 너무 사골 아님? 맨날 장르도 거기서 거기. 주인공은 죄다 깡패 아님 검사임 ㅋㅋㅋㅋ

─나는 좀비 영화 팬인데, 한국에서 절대 개봉 안 해줌. 맨날 P2P 사이트나 뒤져서 불법 다운로드만 함; 불공평한 거 아님?

ㅡ솔직히 나는 이제 주연배우만 봐도 스토리 다 알겠던데 ㅋㅋ
ㅋㅋ

ㅡ대기업이 대기업했는데 무슨 문제라도? ^^

ㅡ그렇죠. CV가 CV한 것뿐이죠! ^^

ㅡ신의 노래 여배우 아이돌이잖아; 아이돌 ㅅㅂ ㅋㅋㅋㅋㅋ 송
지유에 비비냐? 천만 배우인데 연기력 검증받은?

ㅡ신의 노래 미국 영화 스쿨 오브 뮤직 베낀 거 아님? 영화 학
도로서 솔직히 한국 영화들 미국 고전 영화 엄청 베낌; ㄹㅇ

생각보다 후폭풍이 거셌다. 현우가 목을 긁적였다. '신의 노
래' 측은 가만히 있다가 핵폭탄을 맞은 꼴이었다. 살짝 미안한
마음이 들기도 했지만 자업자득이었다.

가만히 있는 어울림 엔터를 건드린 건 충무로 쪽이었다. 그
리고 현우가 가장 참을 수 없는 건 송지유를 건드렸다는 점이
었다. 그동안 송지유의 연기력이나 가수 출신이라는 배경을
두고 얼마나 많은 기사들이 쏟아졌던가?

드르륵, 드르륵. 조금 전부터 핸드폰이 쉴 새 없이 울렸다.
'그그혼' 때 같이 일했던 정근식 팀장이었다. 현재 그는 '그그
혼'의 성공에 힘입어 부장으로까지 승진을 한 상태였다.

현우가 전화를 받지 않자 이제는 문자가 날아들었다.

[김현우 대표님, 정근식입니다. 제발 연락 좀 받아주십시오. 오해가 있었던 것 같습니다. 오해는 풀어야 하지 않겠습니까?]

절실한 문자였다.

"하."

어이가 없어 현우가 고개를 저었다. '아는 언니'의 상영관을 대폭 축소 결정한 것이 정근식 부장과 영화 제작사업팀이라는 것을 현우가 모를 리 없었다.

"형님?"

최영진이 조금은 불안한 얼굴로 현우를 불렀다. 아무리 어울림이라고 하지만 상대는 미디어 재벌이라 불리는 대기업이었다.

"쫄 거 없어. 우린 손해 볼 거 없으니까."

"그래도요. 나중 일을 생각하셔야죠, 형님."

"나중 일? 돈만 벌어다 주면 간이며 쓸개며 다 내주는 곳이 CV야. 지금 하는 꼴을 봐라. 바쁘다고 얼굴 한번 안 보여주더니 이제는 제발 연락 좀 받아달란다. 그리고 영진아."

"네, 형님."

"사업을 하다 보면 이 정도 강단은 언제든 필요한 법이야. 넌 너무 착해서 탈이다, 녀석아."

"네… 차차 배워야죠."

현우가 최영진의 어깨를 두들겼다. 사실 현우가 소형 기획사 로드 출신인 최영진을 밀어주는 이유가 있었다. 순수하고 선한 마음씨 때문이었다.

기획사가 문을 닫으며 죄책감으로 매니저를 그만두었던 최영진이다. 구워주는 고기를 집어 먹으며 뚝뚝 눈물을 흘렸던 그때의 최영진이나, 성공한 지금의 최영진은 별 차이가 없었다.

없을 때나 있을 때나 한결 같은 녀석이었다. 일처리는 다른 대형 기획사의 빠릿빠릿한 팀장이나 실장보다는 조금 부족했지만, 어울림이 쫄딱 망해도 옆에 남아줄 녀석이었다.

드르륵, 드르륵. 이번에는 손태명이었다.

"어. 서울 올라가는 중이다. 지금 동대구 지났어."

—보도 자료 다 뿌렸다. 이제 기사 더 나갈 거야. 후…….

"갑자기 왜 한숨이야?"

—안 하던 갑질 하려니까 어색해서 그런다.

"엄밀히 따지면 그동안 우리가 억울하게 당했던 것들을 알리는 것뿐이야. 그리고 미국, 중국 개봉이 거짓말도 아니고 팩트인데 왜 이게 갑질이야?"

—뭐 그렇긴 하지. 근데 중국 개봉은 장삼우 감독님이 있으니까 그렇다고 치자, 너 미국 할리우드는 어떻게 뚫은 거야?

손태명이 물었다. 중국 전역 개봉은 홍콩으로 출국을 한 이

후부터 계속해서 추진한 프로젝트였기 때문에 손태명도 익히 알고 있었다. 그런데 미국 할리우드 진출은 손태명도 이틀 전에 현우에게 가능성만 들었을 뿐 금시초문이었다.

현우가 씩 웃었다.

"너, 전에 지유가 뉴욕에서 촬영하면서 일했던 재즈 바 기억 나냐?"

─뉴 소울?

"그래."

─설마?

"그래. 뉴 소울 단골이셨던 스코필드 씨가 알고 보니 할리우드 영화계의 거물이었더라고."

─미친.

어지간해서는 험한 말을 쓰지 않는 손태명이 욕지거리를 내뱉었다. 스코필드 영감. '뉴 소울'의 주인인 블랙잭의 친우였던 노신사다. 송지유가 촬영을 시작하는 그날부터 촬영을 종료하는 그날까지 단 하루도 빠지지 않고 송지유의 무대를 감상하기도 했었다.

"어쩐지 남달라 보이더라. 스코필드 씨가 Sun film의 소유주일 줄은 꿈에도 몰랐어."

현우가 백발의 노신사를 떠올렸다. 특유의 정중함과 세월의 연륜이 깊게 느껴지던 노신사였다. 현우도 보통 노인네가 아닐 거라는 추측은 했지만 설마 그 정도로 거물일 줄은 예상도 하지 못했다.

─아무리 그렇다고 쳐도 그게 말이 되냐?

"스코필드 씨가 우리 지유를 고평가, 아니, 제대로 보신 거지. 그래도 할리우드 쪽은 너무 기대하지 말자. 일단 미국 개봉에만 의의를 두자고. 중요한 건 중국 쪽이야. 지유가 중국 쪽에서 인지도가 높아. 조만간 영화 프로모션으로 중국을 방문해야 할 것 같아. 중국 쪽 에이전시는 로이 황 씨한테 부탁을 해놓았으니까 크게 걱정할 건 없을 거다."

─넌, 진짜 편하게 산다. 주변 사람들이 하나하나 다 도와주니까.

"그러니까 너도 평소에 나처럼 주변 사람들한테 잘해라. 돕고 사는 세상이야. 아무리 내가 잘나도 혼자서 할 수 있는 일은 그리 많지 않아."

─애늙은이 같은 소리냐 또. 아무튼 서울 올라오면 간만에 한잔 마시자.

"오케이."

현우가 툭, 전화를 끊었다. KTX 열차가 동대구를 지나 빠르게 서울로 향하고 있었다.

*　　　*　　　*

서울역에 내리자마자 현우는 최영진을 태우고 연남동으로 향했다. 부아앙! 블랙 스포츠카가 어울림 본사 앞으로 세워졌다.

어울림 본사 앞에는 드림걸즈의 팬들이 잔뜩 몰려와 인산인해를 이루고 있었다. 현우와 최영진이 손을 들어 팬들에게 간단하게 인사를 해주었다.

"드림걸즈가 인기가 좋네. i2i도 긴장 좀 해야겠다, 영진아."

"예?"

최영진이 화들짝 놀랐다. 그리고 서둘러 입을 열었다.

"형님, 드림걸즈 멤버들도 소중하지만 우리 i2i 아이들한테는 이제 안 되죠."

"그래? 내가 보기에는 아닌 것 같은데?"

"형님!"

현우가 하하 웃으며 3층 사무실로 올라갔다. 최영진이 뒤따라오며 불만 가득한 얼굴을 했다.

"우리 아이들도 조만간 국내 앨범 내야겠습니다. 고 팀장, 우리 제대로 붙어볼까?"

짬을 내서 사무를 보고 있던 고석훈이 고개를 들었다.

"얼마든지요."

"어? 고 팀장?"

최영진이 멈칫했다. 늘 한 수 숙이고 들어가던 고석훈의 목에 힘이 잔뜩 들어가 있었다. 그럴 만도 했다. 드림걸즈는 음원 차트 올 킬을 넘어 공중파 3사, 케이블 등 음악 방송에서 온갖 1위를 휩쓸고 있었다.

크리스틴의 뿌뿌뿌 안무는 이미 대유행이 되어 있었고, 크리스틴의 인기도 하늘을 찔렀다. 엘시와 함께 요즘에는 투 탑이라는 소리까지 들으며 승승장구 중이었다. 다른 멤버들의 인기도 크게 올랐다. 유나와 연희도 비글 자매로 불리며 예능을 종횡무진 휩쓸고 다녔다.

제시는 조만간 N.NET에서 런칭되는 프로그램 'Super Pretty Hip—Hop Girls'에 출연을 논의 중이었다.

"이, 일본 오리콘 차트에서 드림걸즈는 1위 한 적 없지 않습니까? 우리 아이들은 올 연말에 홍백가합전에도 나갈 겁니다. 유력하다고요!"

"아, 예. 그러십시오. 축하드립니다."

고석훈이 무뚝뚝한 태도로 대답을 했다. 하나도 부럽지 않다는 뉘앙스였다. 현우가 최영진과 고석훈을 번갈아보며 웃다가 대표실 문을 열고 들어갔다.

"왔냐."

손태명이 대표실 책상 의자에 앉아서 현우를 반겼다. 현우가 소파에 앉자마자 맥주 캔을 꺼내 들었다.

"하나 줘?"

"응."

현우가 맥주 캔을 던졌다. 손태명이 자연스레 맥주 캔을 캐치했다. 딱! 딱! 현우와 손태명이 맥주를 마시며 서로를 쳐다보았다.

"대표 자리 앉아보니까 어때?"

"죽겠다. 네가 앉아. 나는 마음껏 널 갈굴 수 있는 실장 자리가 제일 좋다."

손태명이 의자에서 일어나 현우와 자리를 바꿨다.

"CV 측 연락은 언제까지 무시할 건데?"

손태명이 물었다. 현우가 의자에 몸을 기대며 입을 열었다.

"우리가 만족할 만한 무언가를 들고 오면?"

"하. 김태식한테 잘못 걸렸네. 오랜만이다, 김태식?"

"사람이 죄를 지었으면 벌을 받는 게 세상 이치야. 죄를 지었으면 벌을 달게 받아야지."

"미쳤냐?"

연기까지 하는 현우를 보며 손태명이 크게 웃었다. 현우도 피식 웃었다. 손태명이 안경을 고쳐 썼다.

"현우야."

"왜?"

"재정이 이제 여유가 생길 것 같아. 길 건너 공터 조만간 매입하자."

"그래?"

하로하로 기획으로부터 받은 거액의 계약금을 엘시와 드림 걸즈 멤버들을 위해 대부분 사용했다. 또 30억이라는 거액을 송지유의 영화 '아는 언니'에 투자했다. 덕분에 신사옥의 꿈은 물 건너간 상황이었다.

손태명이 현우 앞으로 노트북을 내밀었다.

"i2i가 일본에서 돈을 쓸어 담고 있고, 일본 쪽 제과 회사랑 광고 모델 계약도 잡혔어. 드림걸즈도 만만치 않아. 광고 2개 또 들어왔다. 앞으로 신사옥 자금 조달에는 전혀 문제없을 거 야."

"하아… 드디어."

빠듯했던 자금 상황이 이제는 숨통이 좀 트일 기미를 보이 고 있었다.

"고생했다, 김현우. 그동안 내색도 안 하고 잘 참았어."

"참기는. 네가 고생이 많았지, 손 실장."

"그리고 매니저랑 직원들 좀 더 뽑자. 다들 체력 고갈이야. 석훈이도 말은 안 하지만 힘들어 보이더라."

드림걸즈도 정식으로 활동을 시작했고, 점차 스케줄이 늘 어나고 있었다. 앞으로는 개인별 스케줄도 생겨날 것이 분명 했다. 어울림의 모토가 소수 정예이긴 했지만 인력의 필요성이 점점 절실하게 느껴졌다.

현우가 고개를 끄덕였다.

"그렇다고 아무나 뽑을 수는 없어. 그렇지 않아도 영진이랑 철용이 고향 친구들 중에 괜찮은 친구들이 있다더라. 사무를 볼 직원들은 태명이 네가 뽑아. 어차피 너랑 가장 많이 시간을 보낼 거니까."

"은정이도 체력이 부치는 모양이야. 스타일리스트 팀도 꾸리자, 현우야."

"오케이."

"그럼 공개 오디션은 어떻게 할 거야?"

"공개 오디션?"

그렇지 않아도 현우의 SNS로 오디션에 대한 문의가 쇄도하고 있었다. 신지혜가 서유희가 출연했던 '신(新) 콩쥐팥쥐전'의 아역 오디션을 봤을 때 어머니들과 오디션을 열겠다며 약속을 한 적이 있었다.

"신사옥 완공되면 공개 오디션부터 열자, 손 실장."

손태명이 고개를 끄덕였다.

어울림 간판스타인 송지유는 이제 21살에 불과했다. 어울림 간판 아이돌인 i2i도 평균 연령이 10대였다. 드림걸즈 멤버들도 아직 어렸다. 향후 10년 정도는 걱정이 없었지만 이제는 미래를 위해 투자를 할 때였다. 거대 기획사의 진정한 저력은 연습생들의 퀄리티가 결정한다는 것을 현우도 손태명도 잘 알고 있었다.

그런 의미에서 본다면 어울림에는 유일한 연습생이자 천재 소녀인 신지혜가 존재했다.

"지혜는 어떻게 할 거야, 정했어?"

어울림 내에서 신지혜를 놓고 의견들이 분분했다. 배우로 키울 것이냐, 아니면 가수로 키울 것이냐를 두고 고민이 많았다. 양쪽에서 모두 월등한 재능을 보이고 있었기 때문이었다.

"음. 지혜의 의견이 중요한데 말이야."

"당연하지. 지혜는 뭐라고 하는데? 홍콩에서 이야기 많이 했을 거 아냐?"

"지혜는 둘 다 하고 싶어 하지. 근데 문제는 아이돌은 싫단다."

"아이돌이 싫어?"

손태명이 당황해했다. 손태명은 내심 신지혜를 엘시와 이솔을 이을 차기 어울림의 대표 아이돌로 생각하고 있었다. 신지혜를 센터로 걸 그룹을 만들 계획이었다.

"밴드를 하고 싶다는데?"

"밴드? 그 아버지에 그 딸이네. 후우."

손태명이 한숨을 내쉬었다. 밴드? 한국 가요계에서 소외받는 음악 장르 중의 하나가 바로 밴드 음악이었다. 더군다나 여자들만으로 이루어진 밴드? 지금까지 존재하지도 않았다. 밴드 음악의 전성기였던 70년대에도 그런 그룹은 없었다.

"태명아, 내가 다 생각이 있다. 나만 믿어."

"그래. 지혜 설득은 네가 해라. 어쨌든 이제 좀 자리가 잡히는 것 같다. 수고했어."

"수고했다, 손 실장."

현우와 손태명이 자리에서 일어나 하이파이브를 하려고 했다. 그때 대표실 문이 열리며 김미영 팀장이 들이닥쳤다.

"앗! 죄, 죄송해요! 두 분 마저 하던 거 하세요!"

"아, 아닙니다! 그런 거!"

손태명이 진저리를 쳤다. 현우도 마찬가지였다. 서둘러 두 친구가 거리를 벌렸다.

"노크는요?"

손태명이 물었다.

"해, 했는데, 두 분이서 열중하시느라 못 들으셨어요."

"……."

"……."

현우와 손태명이 바닥에 쓰러져 있는 맥주 캔들을 쳐다보았다. 하필 맥주 거품들이 난잡하게 뒤섞여 바닥으로 흐르고 있었다.

"소, 소문이 사실은 아니죠?"

김미영 팀장이 붉어진 얼굴로 조심스레 물었다. 현우가 정색을 했다.

"그럴 리가요. 일부 어둠의 팬분들이 문제지. 절대 그럴 일 없습니다."

현우와 손태명이 서둘러 바닥에 널브러져 있던 맥주 캔을 치우기 시작했다. 어쩌다 보니 현우와 손태명의 손이 스쳤다.

"어머!"

김미영 팀장이 황급히 고개를 돌렸다.

"아, 아닙니다! 아, 김현우! 진짜 뭐 하냐, 너?"

손태명이 현우를 타박했다. 현우는 손태명과 김미영 팀장의 반응이 재밌어 그저 큭큭 웃기만 했다.

상황이 일단락되고 어수선한 분위기가 대충 수습이 되었다.

"앉으시죠, 팀장님."

손태명이 자리를 권했다.

김미영 팀장이 소파에 앉으며 가방에서 노트북과 서류들을 꺼내 들었다. 노트북 전원을 켠 다음 김미영 팀장이 포털 사이트 하나를 띄웠다. 그리고 현우와 손태명 쪽으로 노트북을 돌렸다.

노트북 화면이 새하얗게 물들어 있었다.

"이건?"

대충 짐작을 했지만 현우가 김미영 팀장에게 물었다. 김미영 팀장이 길게 한숨을 내쉬었다.

"저희 CV E&M 홈페이지예요. 보시다시피 접속이 불가능한 상태입니다."

"호오. 그렇습니까?"

상황 파악이 완료되었지만 현우는 오히려 태연하게 되물었다. 손태명은 안경을 고쳐 쓰며 회심의 미소를 짓고 있었다.

"성난 대중들이 저희 CV E&M 홈페이지에 돌을 던지고 있는 거죠. 윗선에서도 지금의 상황을 심각하게 받아들이고 있어요, 대표님, 실장님."

김미영 팀장이 잠깐 숨을 골랐다. 그러고는 환하게 웃었다.

"우리 '아는 언니' 팀 입장에서는 이보다 좋은 일이 없는 거죠."

"김미영 팀장님은 CV 측 직원 아니십니까?"

손태명이 물었다. 이 여자, 조금 이상했다. 본인이 소속되어 있는 회사가 폭격을 맞고 있는데 웃고 있었다.

"어쨌든 '아는 언니'는 저와 저희 팀에서 담당하고 있는 첫 영화니까요. 그리고 연봉 협상 때 당한 게 많아서 그다지 애정은 없어요. 보통 직장인들이 그렇지 않나요?"

"아하. 저도 참고해야겠네요."

"어울림은 그런 의미에서 보면 부럽네요. 팀장이 스포츠카를 끌고 다니는 회사라니요."

김미영 팀장이 대표실 밖의 최영진을 살펴보며 말했다.

"근데 저분 그때 그 김선영 아나운서라는 분은 계속 만나시나요?"

"네, 뭐."

"아쉽네요. 아! 이제 접속되었네요! 보실래요?"

자유 게시판이나 문의 게시판을 들여다보던 현우와 손태명이 심각한 얼굴을 했다.

—죄를 지었으면 벌을 달게 받아라! ㅋㅋ

—이 ××들아! 회사 앞에다 불 질러 버린다?

—×× 재미도 없는 영화, 사골 영화 ㄹㅇ ××!

—주가나 내려가라! 이 ××들아!

—불매운동 할까? 엉? ㅅㅂ

—불매운동 ㄱㄱ

—CV E&M 쪽 레이블 기획사 아이돌 목록입니다! 테러 ㄱㄱ

—다 듣보잡밖에 없음 ㅋㅋㅋㅋ

—×× 국민들 혈세로 큰 ××들이 갑질 지리네?

—태식이 형 보고 있어요? 우리 잘하고 있죠? ㅋㅋ

—김태식도 한마디 남겨주세요! ㅋㅋ

현우가 헛웃음을 머금었다. 그러다가 차츰 진지해졌다. 대중들도 그렇고 울림이들도 화가 많이 나 있는 상태였다.

김미영 팀장도 질린다는 표정을 했다.

"무섭네요. 국민 기획사라는 게. 윗선에서도 많이 당황한 눈치예요. 한 번도 이런 경우가 없었잖아요. 혹시라도 주가가 내려갈까 걱정도 하고 있는 것 같아요."

"뭐, 그렇겠죠."

현우가 고개를 끄덕였다.

대기업이긴 했지만 CV E&M도 명백한 엔터테인먼트 기업이었다. 엔터 주의 특성상 주가의 변동 폭이 상당히 컸다. 절대 갑이었던 S&H도 이미지 하락으로 인해 주가가 폭락을 한 상태였다. 이석우 실장이 아니었다면 지금쯤 휴지 조각이 되었을 수도 있다.

어울림의 경우 아직 주식 상장을 하지 않았지만, 주식 상장을 했다는 전제하에 간판스타인 송지유가 대형 사고를 치면 그때는 나락으로 떨어질 위험이 다분했다.

"정근식 부장님이 제게 부탁을 하셨어요. 그것도 아주 간절하게."

"그래요?"

현우가 슥 팔짱을 꼈다.

"그쪽에서 제시한 조건부터 들어보죠."

"상영관 500개! 그리고 지유 씨 전국 투어 팬 사인회에 '아는 언니' 프로모션까지 더해서 적극 지원! 어떤가요? 팬 사인회와 연계한 프로모션은 제가 따낸 거예요. 저도 때려치우겠다고 협박 좀 했죠. 어떠세요, 대표님?"

현우가 손태명부터 살폈다. 손태명이 날카롭게 눈동자를 빛냈다. 그리고 현우를 향해 고개를 끄덕여 보였다.

현우가 인자한 미소를 머금었다.

"상영관 500개요? 나쁘지 않네요. 특히 지유 팬 사인회에 프로모션까지면요."

본래 상영관보다 100개 정도가 적긴 했지만, 대기업을 상대로 뜯을 수 있는 만큼 최대한 뜯어낸 셈이었다. 그리고 전국 투어 팬 사인회에 CV E&M의 마케팅 능력까지 더한 프로모션이면 어울림 입장에서는 큰 이득이었다.

"극한의 이득."

"네, 대표님?"

"아닙니다. 혼잣말 좀 해봤습니다. 김미영 팀장님도 수고하셨습니다. 지유 팬 사인회에 영화 프로모션을 더할 생각은 어떻게 하신 겁니까?"

"제가 이름이 김미영이잖아요."

"아하. 그렇죠. 하하!"

현우가 크게 웃었다. 요즘은 뜸했지만 한때 김미영이라는 여자로부터 지독하게 스팸 메일을 받았던 적이 있다. 대한민국 국민이라면 누구나 겪었을 것이다.

"하지만 이 모든 일은 대표님과 어울림 식구분들이 대단해서 일어난 일들이에요. 중국 개봉은 그렇다 치고 미국 개봉은 어떻게 가능했죠?"

"나중에 차차 말씀드리겠습니다."

"네. 그럼 저희 팀도 미국 출장 준비해야겠네요. Sun Film 이면 만만한 곳은 아니니까요."

"부탁드리겠습니다, 팀장님."

현우가 슥 손태명을 쳐다보았다.

"팀장님이랑 CV 다녀와라, 태명아."

"오케이."

"내 차 가져가."

"오케이."

손태명이 벌떡 자리에서 일어났다.

"현우, 너는?"

"난 석훈이랑 따로 갈 데가 있어."

"오케이."

"오케이."

두 친구가 서로 오케이를 주고받았다.

*　　　　　*　　　　　*

초록색 스프린터가 SBC 공개홀 주차장으로 들어섰다.

"석훈아, 가자."

"네, 대표님."

고석훈을 따라 현우가 공개홀로 들어섰다. 복도에 진입하자 현우와 고석훈을 알아보고 여기저기서 비명들이 터졌다.

"대표님! 저희 프로에 출연 좀 해주세요!"

"라디오 괜찮으세요? 네?"

작가들이 섭외를 위해 전화번호를 남기느라 정신이 없었다.

"지나가겠습니다."

고석훈의 저음에 작가들이 비명을 질렀다. 무뚝뚝한 표정의 고석훈을 올려다보며 작가들이 길을 터주었다.

"다음에, 다음에 우리 또 이야기해요."

"네! 대표님!"

현우가 미소를 남기며 고석훈과 녹화 세트장 안으로 들어섰다. 녹화 세트에서는 SBC의 간판 토크 프로인 '강한 심장'의 녹화가 한창이었다.

스튜디오 중앙에 특별 무대가 설치되어 있었고, '드림걸즈 컴백 스페셜 특집'으로 녹화가 진행되고 있었다.

엘시와 멤버들에게 스포트라이트가 쏟아졌고, 후배 아이돌들이 들러리 역할을 하는 중이었다.

"그럼 봅시다! 유나 씨의 새로운 개인기!"

인기 MC인 남포동이 분위기를 띄웠다. 짧은 단발머리를 한 유나가 자신 있게 자리에서 일어났다. 연희도 서둘러 자리에서 일어났다.

"연희가 우리 대표님 역할을 할 거에요. 제가 지유 역할!"

가수이자 배우인지라 유나와 연희의 분위기가 금방 바뀌어 버렸다. 현우 역할을 맡은 연희가 현우처럼 피식 웃었다.

남포동은 물론이고 게스트들 모두가 빵 터져 버렸다. 이건 거의 복사기 수준이었다.

"내가 저러냐… 석훈아?"

"네, 대표님. 우리 연희 씨가 아주 잘하고 있네요."

현우와 고석훈은 계속해서 스튜디오를 바라보았다.

연희가 팔짱을 낀 채로 유나를 쳐다보았다.

"지유야, 피곤하지 않아? 괜찮나?"

뭔가 조심스러우면서도 다정하면서도 딱 평소의 현우 같은 모습이었다. 유나의 표정이 싹 바뀌었다. 살짝 비스듬히 턱을 들고, 눈까지 내리깔며 송지유 특유의 차가운 표정을 했다.

"괜찮아요. 피곤할 게 뭐 있어요? 내가 할 일인데."

그렇게 말하곤 유나가 의자에 앉아 척 다리를 꼬았다. 스튜디오가 웃음바다가 되어버렸다.

"맥주나 한 캔 할까?"

연희가 현우의 억양마저 흉내 냈다. 유나가 꼬고 있던 다리를 풀고는 의자 밑에서 무언가를 꺼내 들었다.

"마셔요. 대신 이것도 마셔야 하는 거 알죠?"

남포동과 게스트들의 시선이 유나가 들고 있는 생수병으로 향했다.

"그게 뭐고?"

남포동이 물었다. 유나가 송지유처럼 남포동을 홱 쏘아보았다.

"몰라서 물어요? 건강 음료. 도라지 와사비 즙이잖아요."

스튜디오 여기저기서 박장대소가 터졌다. 남포동이 웃느라 시뻘게진 얼굴로 물었다.

"김현우 대표가 진짜 그걸 묵나?"

"네. 우리 대표님, 지유가 주는 건 다 먹어요. 그래서 사실 지유가 만들었다고 하고 몰래 이상한 거 먹인 적도 있어요."

유나가 평소의 철부지로 돌아와 헤헤 웃었다.

"뭐, 뭐 먹였는데?"

남포동이 물었다. 이번에는 엘시가 입을 열었다.

"여러 가지요? 이거 방송 나가면 혼날 텐데?"

"괜찮다! 말해봐라!"

"음… 뭐가 있더라?"

엘시가 크리스틴에게 토스를 했다. 요즘 한창 주가가 오른 크리스틴이 입을 열었다.

"훈제 계란 갈아 넣은 요구르트랑, 식혜랑 콜라 섞은 거랑, 삼겹살 가게에서 와사비에 고추장에 청양 고추 쌈 정도요?"

"그거 묵고 김현우 대표 안 죽었나?"

"괜찮아요. 솔이가 있으니까요."

"솔? i2i 이솔?"

이솔이 거론되자 후배 아이돌들이 탄성을 내질렀다. 드림걸즈 멤버들이 하늘 같은 대선배였다면, 이솔은 아이돌의 아이돌이었다.

"네. 예를 들어 청양 고추 쌈을 싸서 대표님께 드리면 솔이가 보고 있다가 음료수나 물로 진화를 해주거든요."

엘시가 설명을 했다.

"아이고. 김현우 대표가 믿을 사람은 그 친구뿐이네!"

남포동을 배꼽을 잡았다. 스튜디오 여기저기서 웃느라 정신들이 없었다.

"하아… 그랬단 말이지?"

현우는 어이가 없었다. 갑자기 새록새록 기억들이 떠올랐다.

"어? 김현우 대표님?"

소녀악단의 멤버 한 명이 구석에 서 있는 현우를 발견하곤 깜짝 놀라 소리쳤다. 엘시와 멤버들이 순간 얼어붙었다.

방금 전까지 현우와 송지유를 따라 하던 유나와 연희는 너무 놀라 딸꾹질까지 했다.

"진짜가? 진짜야?"

남포동이 물었다. 소녀악단 멤버들이 손가락으로 현우를 가리켰다. 정체를 발각당한 현우가 스튜디오를 향해 손을 흔들었다.

"진짜네! 이야! 김현우 대표네?"

남포동이 격하게 현우를 반겼다. 스튜디오에 앉아 있던 여러 아이돌들도 난리가 났다. 유난히 현우는 다른 기획사 소속 아이돌에게 인기가 많았다.

"들어오소! 대표님!"

피디가 고개를 끄덕였고, 작가들도 현우에게 들어가도 좋다며 사인을 보냈다. 현우가 호흡을 가다듬고는 스튜디오로 들어섰다.

"대표님~!"

SNS 친구이며 어느 정도 친분이 있는 소녀악단 멤버들이 현우에게로 우르르 몰려들었다.

"잘 지냈어요?"

"네! 대표님!"

"우리 SNS 친구잖아요! 저희 사진에 좋아요 눌러주셔서 감사해요!"

"그래요."

달달한 모습에 노련한 MC인 남포동이 멘트를 이어갔다.

"아니 이게 뭐고? 드림걸즈 너희 대표님인데, 어째 소녀악단 친구들이 더 반기는데?"

"하하."

현우가 어색하게 웃었다. 엘시와 멤버들이 크게 당황해했다. 꼭 현장에서 검거된 기분이었다. 그래도 까마득한 후배들한테 현우를 뺏길 수는 없었다. 질투심이 일었다.

"가자! 얘들아!"

엘시와 멤버들이 벌떡 일어나 현우에게로 몰려들었다. 소녀악단 멤버들이 아쉬워하며 자리를 비켜주었다.

"오빠~"

"대표님~"

"헤헤. 오늘 진짜 멋있어요."

엘시와 연희, 유나가 되도 않는 애교를 부렸다. 크리스틴은 귀여움을 잔뜩 장착한 상태였다. 금방이라도 뿌뿌뿌를 외칠 것 같았다.

작가들이 눈을 빛냈다. 녹화를 끊기에는 아쉬운 상황이었다. 여기서는 현우의 예능감을 믿어야 했다. 현우가 엘시와 멤버들을 쳐다보았다.

엘시와 멤버들이 기대에 찬 눈동자를 하고 있었다.

현우가 간신히 웃음을 참았다. 엘시가 눈빛으로 준비가 되었다는 신호를 보냈다. 그리고 드디어 현우가 입을 열었다.

"전부. 무릎 꿇고 손들어."

현우가 정색을 하며 말을 했다.

"봐주세요~"

엘시와 멤버들이 애교를 더해가며 애절한 모습을 연출했지만, 현우는 단호했다. 한 치의 흔들림도 없었다.

"안 돼. 돌아가."

"쳇. 안 봐주네."

엘시가 혼잣말을 중얼거리며 가장 먼저 무릎을 꿇고 손을 들었다. 다른 멤버들도 나란히 손을 들었다.

"이 비글들을 진짜 어떻게 하냐. 후우……."

현우가 팔짱을 낀 채로 한숨을 내쉬었다. 예능을 위해 과장한 측면이 없지 않았지만, 반 정도는 진심이었다. 이번 앨범 컨셉을 발랄하게 잡아서인지, 아니면 본래 본색이 이제야 나오는 건지 어째 i2i 멤버들보다 더 통제가 어려웠다.

"하, 하하하!"

MC인 남포동을 위시로 스튜디오의 아이돌들이 박장대소를 했다. 남포동은 아예 물개 박수까지 치고 있었다.

현우와 엘시가 서로 눈빛을 주고받으며 지금의 상황에 뿌듯해했다. 큰 웃음을 터뜨렸으니 작은 목표를 하나 이룬 셈이었다.

"아이고! 김현우 대표님! 거 언제까지 아들 그렇게 둘 겁니까? 봐주이소!"

"그럴까요? 너희들 오늘은 남포동 씨 덕분에 이 정도인 줄 알아. 다들 일어나."

현우의 말이 떨어지기가 무섭게 엘시와 멤버들이 손을 내렸다. 현우가 엘시의 손을 잡고 일으켜 세워주었다. 그러자 크리스틴이나 다른 멤버들도 일일이 현우에게 손을 내밀었다.

마지막으로 현우가 연희를 일으켜 주었다. 현우의 시선이 연희의 가느다란 발목으로 향했다.

"발목은 괜찮아요, 연희 씨?"

컴백 며칠 전에 살짝 발목을 삐끗했던 적이 있던 연희였다. 은근히 걱정이 되었다. 연희가 탁탁 무릎을 털며 밝게 웃었다.

"네, 대표님. 멀쩡해요. 그리고 우리 완전 대박으로 웃겼어요! 대박!"

현우의 자상한 모습에 몇몇 작가들이 꺅! 꺅! 비명을 질렀다. 다른 아이돌들은 부러운 기색이 역력했다. 젊고 능력도 있는데다가 잘생기기까지 한 대표님이었다.

"정식으로 인사 좀 부탁드리겠습니다, 김현우 대표님."

남포동이 어색하게나마 표준어를 구사했다. 현우 뒤편으로 엘시와 드림걸즈 멤버들이 일렬로 늘어섰다.

현우가 담담하게 카메라를 응시했다.

"안녕하십니까, 시청자 여러분. 어울림 엔터테인먼트의 대표 김현우입니다. 우리 드림걸즈 멤버들 녹화하는 거 보러 왔다가 얼떨결에 스튜디오까지 진출을 했네요. 반갑습니다."

"이야! 김현우 대표님은 말도 참 잘하네. MC 해도 되겠어!"

남포동이 현우를 칭찬했다. 그리고 엘시가 이를 놓치지 않았다.

"그렇지 않아도 우리 대표님, 회사 넘버 원 행사 MC세요."

"그래? 행사 MC까지?"

남포동이 물었고, 엘시가 신이 나서 고개를 끄덕거렸다.

"요번에 지유 서울 팬 사인회랑 부산 팬 사인회 사진이나 영상 보시면 다들 아실걸요? 아니, 이미 알고 있나? 시청자 여러분들을 대부분 아실 거예요."

"선배님! 저희도 그 영상 WE TUBE에서 봤어요!"

소녀악단 멤버들이 호응을 해왔다. 현우가 멋쩍어했다.

"어울림은 대표가 행사 MC도 합니까? 내가 듣기로는 아직 매니저 일도 한다고 들었는데요?"

남포동이 신기한 표정을 하며 물었다. 보통 기획사의 대표라면 현장을 나가는 경우가 거의 없었다. 그런데 어울림에서 가장 왕성하게 현장 일을 하는 사람이 바로 현우였다.

"아직 젊으니까요. 그리고 저는 현장이 더 체질에 맞습니다. 사무는 태명이, 아니, 손 실장이 있으니까요."

"아하. 손 실장? 손 부인이라 불리는 그분이요?"

"네. 지금쯤 많이 바쁠 겁니다. 하하."

현우가 씩 웃었다. 지금쯤 김미영 팀장과 함께 CV E&M 측과 담판을 짓고 있을 것이다.

"손 실장님이 일부러 우리 대표님 행사 MC로 돌리는 거래요!"

유나가 말을 덧붙였다. 남포동이 눈을 동그랗게 떴다.

"일부러? 와 그러는데?"

"저번에 저희 첫 컴백 무대 때 뒤풀이에서 대표님이 팬분들한테 한우 쏘셨거든요! 투 플러스로요!"

유나가 자랑하듯 말을 했다.

"하하! 그래서 손 실장님이 소고기 산 돈 메우라고 김현우 대표님을 행사 MC로 돌리는 거가?"

"네!"

엘시와 멤버들이 한목소리로 대답을 했다. 남포동이 배를 부여잡고 웃었다.

"소문은 들었는데, 무슨 드라마에나 나오는 기획사 같네! 하하! 그래서 그 돈은 다 벌었습니까?"

"네, 뭐. 사실 회식비는 지유가 내줬습니다."

송지유가 거론되자 남포동도, 스튜디오의 아이돌들도 놀랐다. 남포동을 향해 작가들이 스케치북을 들어 보였다.

[김현우 대표님 자리에 앉히세요!]

남포동이 이를 확인했다.

"일단 김현우 대표님도 앉아요. 이야기 좀 더 들어봅시다. 다들 괜찮지?"

남포동이 스튜디오의 아이돌들에게 의견을 구했다. 아이돌들이 이구동성으로 환호를 질렀다. 현우의 자리를 마련하기 위해 잠시 녹화가 중단되었다.

스튜디오 세팅을 기다리며 엘시가 툭, 현우의 옆구리를 건드렸다.

"왜?"

"오빠, 인기 좋네요. 보이죠? 오빠한테 잘 보이려고 하는 거."

엘시가 조용히 속삭였다.

"설마?"

"진짜라니까요?"

"그거 질투?"

"뭐래?"

"으."

옆구리가 얼얼했다. 주변 시선을 피해 엘시가 옆구리를 또 푹 찔렀다.

대부분의 아이돌들이 현우를 향해 기이한 열망을 보이고 있었다. 그럴 만도 했다. 드림걸즈가 가지고 있는 사연은 이미 유명했고, i2i의 핵심 멤버인 이솔, 김수정, 유지연, 이지수, 배하나를 제외하면 나머지 멤버들은 전부 소형 기획사 출신들이었다.

'프아돌' 버프도 있었지만 i2i의 성공 신화는 어울림에서부터 시작되었다.

"나 같은 애, 또 나올까 무서워요."

"알고는 있었구나?"

현우의 농담에 엘시가 눈을 흘겼다. 현우가 하하 웃었다.

"대표님, 앉으시죠."

스태프가 현우를 엘시와 크리스틴 중간에 앉혔다. 그리고 녹화가 다시 재개되었다.

"자! 어울림 엔터테인먼트의 김현우 대표님을 정식으로 모셨습니다! 박수!"

스튜디오의 분위기가 다시 뜨겁게 달아올랐다.

"단도직입적으로 묻겠습니다, 김현우 대표님!"

"네? 뭐. 그러시죠."

상남자 스타일의 진행은 남포동이 가지고 있는 큰 장점이었다.

"요즘 어울림 엔터라고 하면 국민 기획사! 김현우 대표님이라고 하면 국민 대표! 송지유 하면 국민 소녀! 우리 드림걸즈랑 i2i 친구들까지 국민 걸 그룹이라고 불리고 있지 않습니까? 그렇지 않습니까, 여러분?"

남포동이 비행기를 띄워주었다. 현우가 피식 웃었다.

"동의하십니까? 솔직하게 말씀하셔야 합니다!"

"네, 동의합니다."

"그런데 말입니다! 소문에 의하면 김현우 대표님이 인생 2회 차가 아니냐는 의혹이 일고 있습니다. 어떻게 생각하십니까?"

순간 현우는 뜨끔했다. 그렇다고 진짜 인생 2회 차라고 밝힐 수는 없었다.

"음… 운이 좋았죠. 그리고 국민 기획사라는 칭호는 국민 여러분들 덕이 아닐까 하고 생각합니다."

"운이라고요? 아마 세상에서 가장 운 좋은 사나이가 아닐까 싶습니다. 그렇다면요. 우리 드림걸즈 친구들이 성공적인 컴백을 했다는 평가를 받고 있습니다. 그야말로 드림걸즈 천하!"

엘시와 멤버들이 꺅! 신이 나서 호응을 했다. 드림걸즈의 컴백을 보고 왕의 귀환이라는 말이 나돌고 있었다. 음원 차트 석권, 음악 방송 석권도 모자라 타이틀곡 'Heart breakers'가 변화가 곳곳에서 울려 퍼지고 있었다.

남포동이 뜸을 들였다.

'칭찬을 던져놓고, 어려운 질문을 던지는 게 남포동 스타일 이었지?'

현우는 어느 정도 다음 질문을 예상하고 있었다.

"드림걸즈 친구들이 이렇게 완벽하게 성공할 줄 아셨습니까? 어떻게 보면 어울림 입장에서는 큰 도박이지 않습니까? 위약금도 만만치 않았고, 걸 그룹 하면 또 이미지가 중요하지 않습니까? 내가 생각하기에는 너무 도박이었다니까? 잘못되었으면 회사 문 닫을 수도 있었어요! 그렇지 않습니까?"

조금 과장되긴 했지만 남포동이 중요한 질문을 던지고 있었다. 작가들은 눈빛을 빛내었다. 공중파 인기 예능 프로에서 최초로 공개되는 어울림과 현우의 입장이었다.

"사실 저희 어울림에서도 드림걸즈 친구들을 놓고 처음에는 말들이 많았습니다. 구체적으로 말하자면 걱정이 많았죠. 사실 신사옥을 포기하고 이 친구들을 데리고 온 거니까요. i2i 친구들 일본 계약으로 벌어놓은 수익을 상당 부분 포기해야 했습니다. 하지만 저와 어울림 가족들은 후회를 남기기 싫었습니다."

"후회요?"

"네. 후회. 어떤 무엇을 선택하든 후회는 남게 마련이죠. 그게 가본 길이든, 아니면 가보지 않은 길이든 말입니다. 기왕 후회할 거면 일단 가보고 후회하자는 생각을 했습니다. 그리고 매니지먼트 회사 아닙니까? 국내 최고의 걸 그룹 멤버들을 매니지먼트 회사가 가만히 둔다면 그 회사는 매니지먼트 회사가 아니죠."

"이야… 젊은 양반이 생각이 꽉 찼네."

남포동이 시키지도 않았는데, 스튜디오 여기저기서 박수가 쏟아졌다.

"드림걸즈가 정말 성공 가도를 달리고 있습니다. 대표로서 당부하고 싶은 말이 있다면요?"

"음."

현우가 엘시와 멤버들을 살펴보았다. 처음 송지유와 함께 맑은이슬의 광고 프레젠테이션 장소에서 마주쳤을 때, 다들 지친 기색들이 역력해 보였다.

하지만 지금은 달랐다. 멤버들 전부가 방송을, 지금의 모든 상황을 즐기고 있는 것이 느껴졌다.

"지원은 얼마든지 해줄 테니까, 하고 싶은 음악, 하고 싶은 방송을 하라고 말해주고 싶네요. 그리고 저는 언제든지 우리 드림걸즈 멤버들 편입니다."

남포동이 조용히 박수를 보냈다. 엘시와 멤버들도 한껏 감동을 받았다.

"드림걸즈에게 김현우 대표란?"

남포동이 즉석으로 질문을 던졌다.

"우리들의 남자?"

엘시가 센스 있게 대답을 했다. 남포동의 시선이 이번에는 크리스틴에게 향했다.

"드림?"

이번에는 유나와 연희에게로 향했다.

"아빠!"

"엄마!"

유나와 연희의 센스에 스튜디오에 웃음이 터졌다.

"제시는?"

"투팍이요!

제시가 가장 존경하는 전설적인 래퍼를 언급했다. 엘시가 콩, 제시의 머리에 꿀밤을 메겼다.

"아, 왜!"

제시가 찔끔, 눈물을 흘렸다.

"그 사람은 총 맞아서 죽었잖아! 멍청아!"

"아! 그게 그렇게 되나? 나는 내가 가장 좋아하는 사람을 말한 건데? 대표님, 쏴리~"

즉석 만담에 또 웃음이 터졌다. 현우도 하하 웃으며 제시와 하이파이브를 주고받았다.

"역시 엘시야."

남포동이 애교까지 떨며 엘시를 격하게 칭찬했다. 엘시도 눈을 찡긋해 보였다.

"그럼 김현우 대표님, 앞으로 어울림 가족들의 향후 계획을 말씀해 주시겠습니까?"

작가들이 남포동을 향해 잘했다며 엄지를 들어 보였다.

국민 기획사, 정산의 어울림, 또 요즘은 홍보의 어울림이라고 불리고 있었지만, 워낙 베일에 싸인 곳이 어울림이었다. 아무런 소식도 없다가 갑자기 뜬금없이 앨범을 내거나 대형 사건을 터뜨렸다.

"음. 일단은 우리 드림걸즈의 앨범이 잘된 것 같아 정말 기쁩니다. 우리 드림걸즈 멤버들은 당분간 국내 활동에 전념을 할 것 같습니다."

"예능! 예능!"

유나가 신이 나서 소리쳤다.

"그리고 다음 달 중순에 지유 영화가 개봉을 합니다. 제목은 '아는 언니'고 한국, 미국, 중국 동시 개봉 예정입니다. 제가 평소에 영화를 좋아하거든요. 영화의 진수를 보여 드릴 테니 믿고 봐주셨으면 정말 좋겠습니다."

"공약 걸어요! 공약!"

엘시가 살뜰하게 현우를 도왔다.

"공약 좋네! 김현우 대표님, 공약 한번 갑시다!"

남포동이 엘시에게 또 엄지를 들어 보였다.

"만약 지유랑 지혜 영화가 천만을 넘긴다면, 벚꽃 시즌에 맞춰 가족 콘서트를 한 번 더 열겠습니다. 입장료는 무료입니다."

파격적인 공약이었다. 입장료 무료. 즉, 누구나 어울림 소속 아티스트들의 무대를 즐길 수 있다는 말이었다.

"그래도 됩니까?"

남포동이 물었다. 현우가 고개를 끄덕였다.

"됩니다."

"이야. 정말 통도 크시네?"

남포동이 현우의 배포에 감탄을 했다. 현우는 슬슬 빠질 준비를 했다. 이제 드림걸즈와 스튜디오의 아이돌들에게 스포트라이트를 넘겨줄 차례였다.

"김현우 대표님."

"네."

"이렇게 그냥 보내기는 아쉽고, 우리 코너 Yes or No 한번 갑시다!"

"그러시죠."

현우가 흔쾌히 허락을 했다.

남포동이 첫 질문을 던졌다.

"솔직히 나는 잘났다!"

"음."

현우가 잠시 고민했다.

"예스."

엘시와 멤버들이 현우의 솔직한 모습에 입을 가리고 웃었다.

"어울림 F4 중에서 내가 가장 잘생겼다!"

"예스."

고민을 할 필요도 없었다.

"어울림 소속 연예인들 때문에 결혼은 힘들 것 같다!"

"예스."

여기저기서 웃음이 터졌다. 남포동이 연이어 질문을 던졌다.

"송지유보단 엘시다!"

민감한 질문이었다. 비공식적으로 송지유는 연인이었고, 엘시는 친동생 같은 존재나 마찬가지였다. 남포동도 그렇고 스튜디오의 아이돌들도 현우의 곤란해하는 모습에 즐거워했다.

현우 역시 쉽사리 대답을 하지 못했다.

"질문이 너무 극단적이잖아요!"

엘시가 현우를 도와주면서도 은근히 눈치를 보내왔다. 결국 남포동이 한 수 접고 들어갔다.

"그럼 다시 질문하겠습니다. 송지유도 편하지만 엘시가 아주 조금 더 편하다!"

"음."

현우는 고뇌했다. 분명 나중에 송지유가 방송을 볼 게 뻔했다.

'지유는 연인이니까 편하다고 하면 실례지.'

애써 답을 찾은 현우가 입을 열었다.

"예, 예스."

남포동이 눈동자를 빛냈다. 그리고 엘시를 쳐다보았다. 현우를 잘 알고 있는 엘시에게 바통 터치를 한 것이었다.

"솔이가 만들어주는 간식이 제일 맛있다!"

"예스."

"지유가 이제는 건강 음료나 건강 음식보다는 조금은 MSG도 들어간 음식을 해줬으면 좋겠다!"

"예스."

얼떨결에 대답을 하고도 현우가 화들짝 놀랐다. 첫 질문 때문에 자기도 모르게 두 번째 질문에서 본심을 드러내고 말았다.

엘시와 멤버들이 킥킥 웃어댔다.

"다시 태어나도 송지유 매니저를 하고 싶다!"

"예스."

"가끔은 송지유가 직장 상사같이 어렵게 느껴진다!"

"예, 예스."

현우가 또 본심을 드러내었다. 스튜디오가 웃음바다가 되어 버렸다.

─나는 죄를 지었으니까, 벌을 달게 받아야 한다. Yes or No.

"헉!"

현우가 헛숨을 들이켰다. 스튜디오에 송지유의 음성이 울려 퍼지고 있었다. 아마 제작진 측에서 현우를 놀라게 하려고 몰래 음성 연결을 해놓았던 것 같다. 현우가 엘시를 노려보았다.

"이다연?!"

"미안해요. 재밌잖아요. 킥킥."

엘시와 멤버들이 바닥을 구르고 있었다. 몰래카메라는 대성공이었다.

"지유 씨, 고마워요! 김현우 대표님, 빨리 대답 안 하십니까?"

남포동이 현우를 재촉했다.

─나는 죄를 지었으니까, 벌을 달게 받아야 한다. Yes or No.

송지유가 차가운 목소리로 한 번 더 묻고 있었다. 현우가 두 눈을 질끈 감으며 입을 열었다.

"예… 예스."

*   *   *

새로운 한 주의 시작도 어울림 엔터테인먼트가 열었다. 포털 사이트는 물론 많은 커뮤니티로 어울림과 관련된 기사와 가십거리가 넘쳐나고 있었다.

[CV E&M 꼬리 내렸다! '아는 언니' 상영관 500개로 확충!]

[중국 개봉과 미국 할리우드 개봉에 부담감 느꼈나? CV E&M 홈페이지에 공식 입장 전문 공개!]

[CV E&M 독립 영화, 비주류 영화 지원 나선다! 공개적으로 밝혀!]

[한국판 스크린 쿼터 실현되나? 독립 영화, 비주류 영화 숨통 트이나?]

[국민 기획사 어울림이 움직이면 대중들도 움직인다! 한국 영화계 작은 변화의 물결!]

기사들마다 댓글이 끝도 없이 달렸다. 얼마나 그 숫자가 많은지 일일이 읽어볼 엄두도 나지 않았다.

한 가지 확실한 건 CV E&M이라는 거대 기업으로부터 얻어낼 걸 확실하게 얻어냈다는 것이다. 그리고 한국 문화계를 주름잡고 있는 CV E&M은 확실히 남달랐다. '아는 언니'의 상영관을 늘리는 것뿐만 아니라, 독립 영화, 비주류 영화에 대한 지원을 공표함으로써 싸늘한 여론을 되돌려 놓고 있었다.

―하하! 이거 김현우 대표님이 또 한 건 하셨습니다! 돈밖에 모르는 대기업이 독립 영화 판을 지원한다니요! 정말 잘하셨습니다!

창성 영화사 대표 박창준이 전화를 걸어 현우를 칭찬하고 있었다. 현우는 괜히 머쓱했다.

"의도했던 건 아닙니다. 어쩌다 보니 이렇게 되었네요."

―어쨌든 정말 잘하셨습니다! 성민이 자식도 웃던데요?

"그랬습니까?"

현우가 씩 웃었다. 김성민 감독도 웃을 정도면 영화계 무명인사들에게는 경사가 분명했다.

―지켜봐야죠. 여론을 의식해서 그런 건지, 아니면 진심인지는 모르겠지만 김현우 대표님이 한마디 하면 어떻게 되지 않겠습니까? 하하!

"에이, 제가 그 정도는 아닙니다."

―겸손은 사양입니다. 그리고 엘시 양이랑 사귀는 겁니까? 기사 깔렸던데요?

"아뇨. 친한 사이일 뿐이죠."

—하하. 뭐 나한테 숨길 분도 아니고, 청춘이니까 연애도 좀 하고 그래요. 인생 선배로서의 조언입니다.

"네. 새겨듣겠습니다."

현우가 전화를 끊었다.

KTX 특실 안에 침묵이 감돌았다. 최영진이 현우의 눈치를 보고 있었다.

"형님, 괜찮겠죠?"

"하아… 이거 지유도 봤겠지?"

"그, 그럴걸요."

"나는 죽었다."

현우가 좌석에 몸을 기대어 연거푸 한숨을 내쉬었다. 최영진의 노트북 위로 현우와 엘시의 열애설이 대문짝만 하게 떠 있었다.

처음에는 SBC '강한 심장' 제작진 측에서 오늘 밤에 있을 방송을 앞두고 홍보성 기사를 뿌렸다. 드림걸즈 멤버들의 미친 예능감을 언급하며, 현우의 깜짝 출연과 여러 발언들에 대한 기사들이 전부였다.

하지만 막내 작가들이 현우와 엘시를 찍은 사진을 서로 공유하면서 문제가 불거졌다.

사진도 여러 장이라 그 어느 누구라도 충분히 둘 사이를 의심할 만했다. 현우와 엘시가 귓속말을 나누는 모습부터 시작해서, 녹화 휴식 시간 현우의 넥타이를 고쳐주는 사진, 또 서로를 보며 웃는 사진까지, 정말 연인 같아 보였다.

[어울림 김현우 대표, 역시 엘시와 열애 중? '강한 심장' 녹화 중 다정한 연인의 모습 보여]
[김현우 대표, 드림걸즈 엘시, 작년 열애설이 사실이었나?]

자극적인 기사에 벌써 댓글도 많았다. 벌써 SBC '강한 심장' 제작진 측에서 연락도 왔다. 해당 작가들은 물론, 피디까지 직접 사과를 해오고 있었다. 일이 이렇게까지 커질 줄은 '강한 심장' 측에서도 전혀 몰랐기 때문이었다.

"형님, 반박 기사 내보내야 하지 않을까요?"

"그냥 두자."

"네?"

"오히려 반박 기사 내보내면 더 그럴듯해 보일걸? 기다려 봐. 우리 팬들이 다 알아서 해결해 줄 테니까."

현우는 자신이 있었다. 소속 연예인들을 차별 대우 한 적은 한 번도 없었다. 송지유만 빼면 말이다.

다만 걱정이 되는 것은 이틀 전부터 송지유가 연락을 받지 않는다는 것이었다. 전화도 받지 않았고, 코코넛 톡도 읽지 않았다. 결국 현우가 신지혜에게 전화를 걸었다.

―삼촌?

"그래, 지혜야. 삼촌, 부산 가는 중이야."

―응.

"그, 지유 자나?"

현우가 어색해하며 물었다.

―삼촌, 뭘 물어?

신지혜도 싸늘했다. 현우는 당황스러웠다. 믿었던 신지혜도 화가 나 있었다.

"어?"

―지유 언니가 삼촌한테 전화 오면 받지 말라고 했는데, 내가 그간의 정 때문에 받아준 거야.

"지유가 화가 많이 났구나?"

―당연하지! 그러니까 왜 그런 사고를 쳐? 나 같아도 화나.

"예능이니까 웃기려고 한 거지, 지혜야."

―휴. 잠깐만.

문이 열리는 소리가 들렸다. 그리고 싸늘했던 신지혜의 목소리가 다급한 톤으로 급변했다.

―사, 삼촌! 큰일 났어! 이제 삼촌은 죽었어! 어떻게 할 거야?

"설마 열애설도 믿는 건 아니지?"

―그건 아니지! 근데 지유 언니 화 많이 났어! 그냥 서울 가!

"아니야. 가서 얼굴은 봐야지."

―그러다 삼촌 죽으면? 나랑 아빠는?

"괜찮아. 죽기야 하겠어? 일단 내가 갈 때까지 지혜 네가 기분 좀 풀어봐. 알겠지?"

―응. 알았어, 삼촌.

현우가 두통에 미간을 문질렀다. 위기였다. 엘시와의 열애설은 그렇다고 쳐도, 문제는 '강한 심장' 녹화 때 벌어진 일이 문제였다. 엘시와 멤버들이 짜고 몰래 카메라를 시전하는 바람에 대형 사고를 쳤다.

현우의 걱정과 달리 무심한 KTX는 부산역을 향해 빠르게 달리고 있었다.

*　　　*　　　*

해운대 W 호텔 스위트룸.

"혼자 있고 싶어요."

"어?"

현우가 머리를 긁적였다. 송지유가 몸을 돌린 채 얼굴도 제대로 보여주지 않고 있었다.

"……."

현우가 최영진과 수호 팀에게 눈짓을 했다. 최영진과 수호 팀이 조용히 자리를 비켜주었다.

스위트룸 안엔 현우와 송지유, 신지혜 셋만이 남아 있었다.

"지유야."

"……."

송지유는 대답이 없었다. 현우가 신지혜를 쳐다보며 간절하게 도움을 구했다. 신지혜가 도리도리 고개를 저었다. 모르겠다는 뜻이다.

결국 현우가 걸음을 옮겨 송지유의 앞으로 섰다.

"송지유, 예쁜 얼굴 좀 보자."

현우의 나긋한 음성에 신지혜가 멍하니 입을 벌렸다. 송지유가 스르륵 고개를 들었다.

"왜 보자고 하는 건데요?"

"예쁘잖아. 어? 우, 울었어, 너?"

현우가 크게 당황해했다. 두 눈가로 눈물 자국이 보였다. 머리가 하얗게 물들었다. 천하의 송지유가 울다니… 현우조차도 전혀 예상하지 못했던 일이었다.

"다연이도 그 기사보고 어이없어하더라고. 그리고 볼래?"

현우가 급히 노트북을 열었다. i2i, 드림걸즈의 팬 카페에서 팬들이 그동안 직접 찍은 사진들을 공개했다. 이솔이나 다른

i2i 멤버들도 그렇고, 유나와 연희 같은 드림걸즈 멤버들과도 격의 없이 지내는 평소 현우의 모습이 담겨 있었다.

순식간에 엘시와의 열애설은 해프닝으로 종결이 되고 있었다.

"나도 봤어요."

"그, 그래? 그러니까 기분 풀자."

"내가 직장 상사처럼 어려워요?"

"어?"

현우는 또 머리가 하얗게 물들었다. 역시 문제는 Yes or No 코너였다. 순간 현우의 머리가 빠르게 회전하기 시작했다. 순간의 선택이 평생을 좌우한다. KTX를 타고 오는 내내 생각했던 답이 있었다.

"그럼, 당연히 어렵지."

"……"

송지유의 커다란 눈동자에 눈물이 그렁그렁해졌다. 신지혜가 경악을 했다. 달래줘도 모자랄 판에 돌직구를 날렸다. 순간 삼촌인 현우가 갓 보이스의 승호처럼 미친놈으로 보일 정도였다.

현우가 부드러운 미소와 함께 말을 이어갔다.

"내가 사랑하는 여잔데, 당연히 어렵지. 어떻게 말을 해야 더 기뻐할까? 뭘 어떻게 더 해줘야 더 좋아할까? 이런 생각들뿐인데, 어떻게 어렵지 않겠어."

신지혜가 고개를 저었다. 변명치곤 너무 유치했다. 답이 없었다.

"삼, 삼촌. 그걸 말이라고 해… 어?"

신지혜가 당황해했다. 슬픔에 빠져 있던 송지유가 화사한 미소와 함께 현우의 품으로 파고들었다.

"그래서 그렇게 대답한 거예요? 직장 상사처럼 어렵다고?"

송지유가 현우를 올려다보며 물었다. 현우가 고개를 끄덕였다.

"그렇지. 다른 사람들이 내 깊은 뜻을 어떻게 알겠어?"

"그럼, 왜 MSG 들어간 음식도 해줬으면 좋겠다고 한 거예요?"

"네가 힘드니까."

"정말요?"

"응. 이 자그마한 손으로 매일 건강 음료나 건강 음식 만들려면 힘드니까."

"나는 괜찮은데요?"

"내가 괜찮지 않아."

"몰라요."

깨가 쏟아지는 현우와 송지유를 지켜보며 12살 신지혜는 충격을 받은 상태였다.

"……"

대한민국에서 아빠 신현우 다음으로 멋있는 남자라고 생각한 삼촌과 인생의 롤 모델이며 존경하는 우상인 송지유가 바보가 되어 있었다.

충격을 받은 신지혜의 시선을 느낀 현우와 송지유가 황급히 떨어졌다.

"으음."

현우는 부끄러움에 머리를 긁적였지만, 송지유는 태연했다.

"신지혜, 내일 대본 다 숙지했어?"

"응? 응."

"그럼 저녁 먹어야 하니까 옷 입어."

"응?"

"외식할 거야. 현우 오빠랑 영진 오빠 온 기념으로."

"와아!"

신지혜가 신이 나 했다. 현우는 송지유를 내려다보며 입을 열었다.

"괜찮겠어? 사람들이 알아볼 텐데?"

"식당 예약해 놨어요. 서울에서 일하느라 고생 많았죠? 몸보신 좀 해요."

"지유밖에 없구나."

현우가 빙긋 미소를 머금었다. 요즘 들어 내조의 여왕이 있다면 바로 송지유였다.

＊　　　　＊　　　　＊

[송지유 주연 영화 '아는 언니' 부산 팬 사인회 프로모션 광안리에서 성황리에 끝마쳐!]

[부산 광안리에 3만 명 운집! 국민 소녀 송지유 2차 부산 팬 사인회!]

[송지유가 부산을 뒤흔들었다! 부산 현지 촬영 장소와 촬영 세트 관광지로 급부상! S급 스타의 위력!]

CV E&M이 물심양면 송지유를 지원했고, 부산 팬 사인회 프로모션은 그야말로 초대박을 쳤다. 무려 3만 명이나 되는 부산 팬들이 송지유를 보기 위해 몰려든 것이었다.

그것뿐만이 아니었다. 송지유의 일거수일투족이 연예 프로나, 기사로 보도가 되며 촬영 장소인 남포동과 여러 많은 낙후된 지역들이 관광 장소로 유명해지고 있었다.

부산시와 부산 시민들의 적극적인 도움 아래 촬영도 순조로웠다.

이미 대부분의 촬영을 홍콩에서 마친 상태였기 때문에 촬영 일정 내내 송지유와 신지혜는 여유를 가질 수 있었다.

부산의 대표적인 해안가 달동네인 감천동 세트장은 그 어느 영화의 촬영장보다도 분위기가 좋았다.

주연 배우인 송지유와 신지혜가 주도적으로 분위기를 이끌고 있었다. 덕분에 단역배우들도 그렇고 제작진 전원이 힘든 줄도 모르고 촬영을 하고 있었다.

그리고 오늘은 카메오로 서유희가 출연을 하는 날이었다.

"오빠~"

초록색 밴에서 서유희가 내렸다. 새로운 여배우의 등장에 제작진의 시선이 쏠렸다.

"오오! 한국 여배우들은 하나같이 다 아름답네요?"

"이래서 한류가 대세인 거지. 한국 여배우들한테는 뭔가가 있어. 기품이랄까?"

"그렇긴 하죠."

장삼우 감독 사단 스태프들이 서로 대화를 주고받고 있었다.

"왔어? 그래, 프랑스는 어땠어?"

"재밌었어요."

"화보 촬영도 잘했고?"

"네. 그럼요. 우리 가족들 주려고 치즈랑 와인 사왔어요."

"역시 유희다. 오늘 지유 숙소에서 한잔할까?"

"네, 좋아요."

서유희가 생긋 웃었다.

'신(新) 콩쥐팥쥐전'이 기록적인 시청률 48%를 기록하며 얼마 전에 종영을 했다.

국민 악녀라는 수식어를 넘어 이제는 한국의 대표적인 연기파 배우로 거듭난 서유희였다.

서유희는 최근 여성 전문 채널의 제의로 뷰티 프로그램을 촬영하러 프랑스에 다녀왔다.

충분히 휴식도 취하고 와서 그런지 특유의 수수한 미모가 더 빛을 발하고 있었다.

"지유 영화 개봉하면 다음은 유희 네 차례니까. 그동안 푹 쉬기로 하자."

"네. 오빠가 알아서 하세요. 오빠만 믿을게요."

서유희가 또 생긋 웃었다. 그사이 송지유와 신지혜가 다가왔다.

"유희 언니!"

"선생님!"

송지유와 신지혜가 나란히 서유희의 팔 하나씩을 나누어 가졌다.

송지유에겐 김은정, 엘시, 유나와 더불어 가장 친한 절친 중 한 명이었고, 신지혜에겐 연기 스승이었다.

흐뭇한 얼굴을 하고 있는 현우를 향해 재미교포 출신인 스태프 한 명이 다가왔다.

"김현우 대표님, 로이 황 실장님께서 방금 도착하셨습니다."

현우가 고개를 끄덕였다. 장삼우 감독의 에이전트인 로이 황은 중국 쪽 배급을 책임지고 있는 '화류 영화사'와의 미팅을 위해 상해로 떠났었다.

일주일 만에 그가 돌아온 것이었다.

고급 승용차에서 내린 로이 황의 모습이 보였다. 현우가 최영진과 함께 급히 걸음을 옮겼다.

현우가 씩 웃었다. 얼굴 표정만 봐도 짐작이 갔다.

로이 황이 자신감 가득 입을 열었다.

"김현우 대표님."

"말씀하시죠."

"허가가 떨어졌습니다. 중국 상해 프로모션 진행합시다."

"하하. 수고하셨습니다, 실장님."

"수고는요. 이제부터가 시작입니다. 이제 대표님이랑 지유 씨만 믿겠습니다."

현우와 로이 황이 악수를 주고받았다.

중국 상해는 예로부터 세계적인 국제도시였다. 상해에서 '아는 언니'의 대대적인 프로모션 행사가 잡혔다.

CV E&M에서도 난색을 표하던 일을 어울림과 장삼우 감독 사단이 해낸 것이었다.

현우가 서유희와 이야기를 나누고 있는 송지유를 슥, 쳐다보았다.

벌써부터 가슴이 두근거렸다. 대륙에서 송지유를 어떻게 받아들일 것인지, 또 송지유가 중국에서도 통할지 여러모로 설레었다.

현우가 걸음을 옮겨 송지유에게로 다가갔다.

"지유야."

"네?"

"가즈아!"

현우의 장난기 넘치는 모습에 송지유가 살짝 웃었다.

"중국 쪽 프로모션 잡힌 거예요?"

"응."

"잘됐네요. 축하해요. 오빠가 그토록 원하던 일이었잖아요."

"축하해, 삼촌!"

"오빠, 축하드려요."

신지혜와 서유희도 현우에게 축하 인사를 건넸다.

"형님! 대박입니다!"

"중국은 저도 가겠습니다, 형님!"

최영진과 김철용도 잔뜩 흥분을 한 상태였다.

i2i가 일본 오리콘 차트에서 돌풍을 일으키며 돈을 쓸어 담고 있었지만, 중국 시장은 그 이상이었다.

13억 인구. 절대로 무시할 수 없는 어마어마한 파이를 가지고 있는 국제적 시장이었다.

　"상해로 가즈아!"

　현우가 호기롭게 외쳤다.

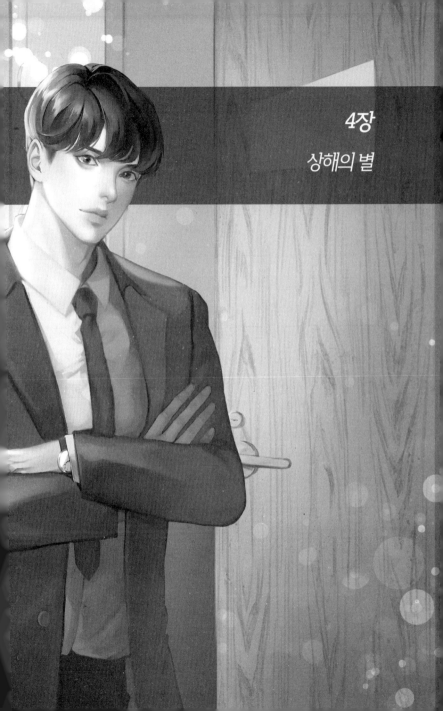

4장

상해의 별

　[송지유, '아는 언니' 중국 상해에서 대대적인 첫 프로모션 행사! 대륙 진출의 시발점 되나?]

　[국민 소녀 송지유 중국에서도 통할까?]

　[송지유, 김현우 대표와 함께 오늘 중국 상해로 출국!]

　[국민 기획사 어울림의 세계 시장 진출! 이제 시작이다!]

　어울림에서 제공한 보도 자료를 통해 언론사들이 다양한 기사를 쏟아냈다. 어울림과 송지유의 첫 중국 진출을 두고 언론들도 깊은 관심을 보이고 있었다.

—중국 가즈아! 송지유 가즈아!

—중국 사람들도 우리 갓 지유한테 푹 빠질 듯 ㅋㅋ

—응원합니다! 상해 잘 다녀오세요!).(

—아는 언니! 대박 날 거예요!

—한국의 국민 소녀가 간다!ㅋㅋㅋ

기사를 접한 대중들도 거의 대부분이 호의적이었다. 탁. 현우가 노트북을 덮었다. 그리고 사무실을 둘러보았다.

어울림은 중국 출장 준비로 분주했다. 대표인 현우와 매니지먼트 A팀의 실장인 손태명과 팀장 최영진이 함께 동행을 해 중국 출장을 가기로 했다.

딸랑! 3층 사무실 문이 열리며 송지유와 신지혜, 그리고 김은정이 나타났다. 김은정은 양손에 커다란 여행 가방을 들고 있었다. 그 뒤로는 김철용이 여행 가방을 3개나 더 들고 있었다.

"아이고! 무거워 죽는 줄 알았네."

"은정아, 무슨 짐이 그렇게 많아?"

현우가 아연실색하며 물었다. 송지유가 들고 있는 여행 가방 2개와 신지혜의 여행 가방까지 더하면 여행 가방만 8개였다.

"이 정도면 적은 거예요. 중국에서 아무 옷이나 입힐 수는 없잖아요? 첫인상이 얼마나 중요한데요. 이 정도면 적은 거라니까요?"

"그, 그러냐?"

현우가 머리를 긁적였다. 듣고 보니 또 맞는 말 같았다.

현우가 송지유를 살펴보았다. 평소 우아함이 넘쳤던 공항 패션과는 다르게 조금은 수수한 옷차림을 하고 있었다. 옅은 분홍빛 원피스에 검은색 토드 백으로 포인트를 주었다. 그리고 반 묶음 헤어스타일까지.

신지혜는 만두 머리를 했는데 정말이지 귀여웠다.

현우는 물론이고, 어울림 식구가 모두 고개를 끄덕였다. 송지유도 그렇고 워낙에 비주얼이 사기 수준이다 보니 뭘 입어도 잘 어울렸다.

"오늘 지유랑 지혜 의상 콘셉트는 뭐야?"

"중국에 처음 온 순수한 한국 소녀랑 만두 소녀요."

김은정이 대번에 콘셉트를 밝혔다. 절묘한 비유였다.

"오호. 좋은데?"

"마음에 드십니까, 김현우 대표님?"

"응. 딱이다."

현우가 씩 웃었다.

"오빠 말처럼 중국 방문이 처음이기도 하고, 아무래도 중국이란 나라는 특수한 곳이잖아요."

"그래, 그건 맞지."

송지유가 말을 보탰다. 현우도 고개를 끄덕거렸다.

중국 쪽 공식 석상은 이번이 사상 최초였다. 보통 한류 스타들은 중국 진출 때 최고의 모습만을 보여주려고 노력한다. 수천만 원이 훌쩍 넘는 옷가지를 걸치고 고가의 액세서리들로 치장을 하곤 했다. 하지만 이는 중국이라는 나라를 잘 모르는 기획사들의 실수였다.

개방을 하며 빠르게 발전한 대국이긴 했지만, 큰 빈부격차 때문에 사회적인 박탈감을 느끼는 중국인들이 어마어마하게 많았다.

그런데 한국에서 온 어린 나이의 한류 스타가 휘황찬란한 모습으로 등장한다면 어떨까? 단정 지을 수는 없지만 좋은 인상은 심어줄 수는 없을 것 같다는 판단이 들었다.

오래 전 중국으로 진출한 정나래도 수수하고 소박한 모습으로 엄청난 인기를 끌었다. 현우와 어울림은 이 점에 주목했다. 일단 평범하고 힘없는 다수의 중국인들에게 호감을 얻어내고자 전략을 세운 상태였다.

간단하게 말하자면 한류 스타로서의 높은 자세보다는 눈높이를 낮추고 친숙하게 다가가고 싶었다.

"하여간 치밀하십니다, 형님."

김철용이 현우를 향해 엄지를 들어 보였다. 현우가 김철용의 어깨를 툭, 쳤다.

"중국 다녀올 동안 영진이 대신에 i2i 아이들 잘 부탁한다, 철용아."

"예. 중국 출장이 아쉽기는 하지만 맡은 바 열심히 하겠습니다!"

"오케이! 그럼 준비 다 됐나?"

현우가 어울림 식구들을 둘러보며 말했다. 손태명이 고개를 끄덕여 보였다. 현우가 마지막으로 한국에 남아 어울림을 책임질 김정우를 쳐다보았다.

"다녀올 동안 회사 잘 부탁드리겠습니다."

"걱정 말고 다녀오세요."

김정우가 부드럽게 웃으며 현우 일행을 배웅했다.

*   *   *

인천국제공항을 통해 현우 일행은 중국 상해에 위치한 푸동 공항에 도착했다. 로이 황을 비롯해 화류 영화사 측 직원들이 먼저 마중을 나와 있었다. 직원들에게 짐을 맡긴 후, 김은정이 서둘러 송지유와 신지혜의 옷매무새를 다듬어주었다.

영문을 모르는 중국인들이 송지유를 훔쳐보느라 정신이 없었다. 그때 신지혜가 현우의 손을 잡고 흔들었다.

"밖에 몇 명이나 있을까, 삼촌?"

"음. 모르겠는데?"

"삼촌도 모르는 게 있어?"

"가끔은?"

현우가 신지혜의 머리를 쓰다듬어 준 다음, 송지유에게로 시선을 돌렸다. 첫 중국 방문이었다. 당사자인 송지유가 가장 떨릴 것이다.

"오랜만에 청심환 하나 먹을래?"

송지유가 살짝 웃었다. 첫 무대가 기억이 났기 때문이었다. 그러다 송지유가 고개를 저었다.

"됐어요, 오빠. 이제 나가볼래요."

"오케이. 뒤에서 지켜볼 테니까 걱정 말고."

"걱정 안 해요."

송지유가 향긋한 내음을 풍기며 신지혜의 손을 잡고 게이트 밖으로 나섰다.

와아아! 일순간 공항이 들썩였다. 송지유가 중국을 방문한 다는 소식을 들은 중국 팬들이 대거 몰려와 있었다. 공항이 계속해서 들썩였다.

중국어나 어설픈 한국어로 적힌 피켓들이 사방에서 파도처럼 넘실댔다.

"형님! 지유 인기가 장난이 아닌데요? 이게 다 몇 명입니까?"

최영진의 입이 함지박만 해졌다. 사실 중국 활동은 단 한 번도 한 적이 없어서 내심 걱정을 하고 있었다. 그런데 인터넷으로나마 확인을 하던 송지유의 중국 내 인기가 피부로 와닿았다.

"음?"

뒤따라가던 현우가 한쪽 눈을 찌푸렸다. 손태명도 이상함을 느꼈다.

"현우야."

손태명이 나지막하게 현우를 불렀다. 현우도 심각한 표정으로 고개를 끄덕였다. 최영진만 어리둥절해하다가 뒤늦게 상황을 파악했다.

취재를 나온 기자들이 너무 소극적이었다. 홍콩에서의 집요했던 파파라치들과 비교하면 사진 동호회에서 견학을 나온 수준이었다.

"지금 상황은 어떻게 받아들여야 하는 거야?"

현우는 황당했다. 중국 팬들은 잔뜩 몰려와 열정적으로 송지유를 반기고 있는데, 취재를 나온 기자들은 그냥저냥 반응이 밍밍했다.

"이게 어떻게 된 겁니까? 로이 황 실장님?"

현우의 물음에 로이 황이 급히 화류 영화사 관계자에게 중국어로 묻기 시작했다. 이윽고 로이 황이 현우에게로 다가왔다.

"지유 씨가 중국은 첫 방문이고, 공식적으로는 인지도가 없는 편이라 그런 것 같습니다, 대표님."

"그래요?"

"한국에서는 국민 소녀니 뭐니 해도 중국에서는 아직 신인이라 이거야, 현우야."

"그래?"

손태명의 설명에 현우가 피식 웃어버렸다. 쉽게 말하자면 '텃세'였다. 중국 팬들도 아니고 중국 언론 쪽에서 텃세를 부리고 있었다.

"뭐 어느 정도 예상은 했었던 일이니까."

현우가 마음을 다잡았다. 대륙의 특성상 배타적인 면이 없지 않아 있었다. 하지만 한번 마음을 열면 절대적으로 지지를 보내주는 곳이 중국이기도 했다. 정나래 같은 경우도 중국 진출 후 변함없는 인기를 구가하고 있었다.

"좋게 생각하자고. 그래도 중국 팬들이 있잖아?"

현우가 어울림 F4 피켓을 들고 있는 중국 여성 팬에게 손을 흔들며 말했다. 손태명도 안경을 고쳐 썼다. 처음부터 쉽게 일이 풀릴 것이라는 기대는 하지 않았다.

"영진아, 팬 서비스나 해."

"네, 태명 형님."

손태명이 최영진과 함께 현우처럼 중국 팬들의 손을 잡아주거나 함께 사진까지 찍어주었다.

"현우 오빠, 잘생겼어요. 결혼해 주세요."

중국 여성 팬이 또박또박 한국말로 마음을 전했다. 현우가 씩 웃었다.

"미안해요. 그쪽이 너무 어리네요. 어른이 되면 더 좋은 남자들이 많을 겁니다. 그래도 고마워요."

팬에게 사인을 해주며 현우는 송지유에게서 시선을 떼지 않았다.

송지유의 중국 현지 인기는 엄청났다.

수호 팀의 경호 아래 송지유가 팬들과 소통을 했다. 처음으로 송지유를 보게 된 중국 팬들 중에는 울음을 터뜨리는 팬도 다수 있었다. 함께 셀카를 찍고 악수를 하고, 선물 공세에 정말 장난이 아니었다.

그럼에도 기자들은 형식적이었다. 한국 쪽 기자들만 열심히 일을 하고 있었다. 오늘따라 한국 기자들이 예뻐 보일 정도였다.

'앞으로 더 잘해줘야겠는데.'

현우가 다짐 아닌 다짐을 했다.

그러다 현우의 시선이 중국 여성 기자 한 명에게로 향했다. 혼자서 열심히 송지유를 찍고, 팬들에게 이리저리 치이면서도 고군분투를 하고 있었다. 현우의 눈동자가 빛났다.

"실장님, 저기 저 여성분도 기자 맞죠?"

로이 황이 황급히 화류 영화사 직원에게 기자의 정체를 물었다.

"소소 연예신보라고 삼류 연예 언론사랍니다. 창립 년도도 얼마 되지 않았고, 연예계 가십거리나 찌라시 전문이라는군요."

"그래요?"

현우가 잠시 고민을 했다. 손태명이 그런 현우를 보며 실소를 흘렸다. 대충 현우의 생각이 짐작이 되었다.

"실장님, 저기 저 기자분을 뵙고 싶은데요."

"네?"

로이 황이 당황해했다. 현우가 씩 웃었다.

"아무리 삼류 연예 언론사라도 특종을 잡으면 그만 아닙니까? 그 특종, 우리 쪽에서 주면 그만이죠."

현우의 제안에 로이 황의 표정이 점차 진지해졌다. 확실히 틀린 말이 아니었다. 아니, 맞는 말이었다.

중국 내 송지유의 인기는 두 눈으로 확인을 했으니 최소한 상해 프로모션이 망할 걱정은 없었다. 문제는 상해 프로모션을 통해 중국 전역에 송지유와 '아는 언니'를 홍보해야 했다.

삼류 연예 언론사라지만 직접 특종을 손에 쥐어준다면 상황은 달라진다. 현우를 바라보는 로이 황의 표정이 새삼 놀라움으로 물들었다.

"대표님한테 여러 가지로 배울 점이 많은 것 같습니다. 오늘 또 한 가지를 배우고 갑니다."

"한국 쪽 기자분들이 워낙 일을 잘하셔서 저도 옆에서 배운 거죠, 뭐."

"겸손은 사양입니다. 하하."

로이 황이 급히 화류 영화사 직원에게 현우의 제안을 전달했다. 중국어가 몇 번 오고가더니 화류 영화사 직원이 급히 소소 연예신보의 여기자에게로 다가갔다.

*　　　*　　　*

송지유는 무려 두 시간 동안이나 푸동 공항에서 중국 팬들과 시간을 가졌다. 화류 영화사에서 준비한 순백의 리무진 밴이 상해의 특급 호텔로 향하고 있었다.

"팔에 또 쥐났어? 에휴. 진짜 내가 대신 악수해 줄 수도 없는 일이고."

김은정이 울상을 한 채로 송지유의 오른쪽 팔을 주물렀다.

가느다란 팔이 파르르 떨리고 있었다.

"언니, 괜찮아? 내가 이거 얼른 붙여줄게."

신지혜가 고사리손으로 송지유의 손목에 파스를 붙였다.

"이, 이것도 찍어도 될까요?"

소소 연예신보의 말단 기자 백소정이 조심스레 묻고 있었다. 로이 황이 통역을 해주자 현우가 흔쾌히 고개를 끄덕였다.

백소정이 서둘러 파스로 도배가 되어 있는 송지유의 오른팔을 카메라에 담았다. 손이 떨리는지 카메라도 덜덜 떨렸다.

손태명이 말없이 카메라가 흔들리지 않도록 잡아준 끝에야 사진을 찍을 수 있었다.

상해의 특급 호텔 H로 도착한 현우 일행은 서둘러 짐을 풀었다.

"괜찮아, 지유야?"

"힘들어요… 기운도 없고."

중국 팬들이 유난히 열성적인지라 체력이 고갈된 송지유였다. 송지유가 소파에 축 늘어지자 현우가 급히 초콜릿을 먹여주었다.

두 눈을 감은 채로 송지유가 오물오물 초콜릿을 받아먹었다.

"달아요."

"초콜릿이니까."

초콜릿 몇 개를 먹고 나서야 송지유가 기운을 차렸다.

송지유가 주변을 둘러보았다.

"여기 어디예요?"

"어?"

현우는 물론이고 어울림 식구들이 화들짝 놀랐다. 상해 프로모션을 앞두고 송지유가 탈이라도 난다면 대형 사고였다.

스위트룸이 차갑게 얼어붙었다. 김은정이 급히 송지유의 이마에 손을 올렸다.

"열은 없는데?"

"당연히 없지."

송지유가 다리를 꼬고는 소파에 바로 앉았다. 언제 그랬냐는 듯 멀쩡했다.

"왜요? 장난친 건데. 다연 언니는 맨날 이러고 놀잖아요."

송지유가 살짝 웃으며 초콜릿을 입으로 가져갔다. 현우가 이제야 안도를 했다.

"걱정했어요?"

"그럼! 지유, 네가 아프면 나는!"

"다들 귀 막아! 빨리!"

신지혜가 경보를 울렸다. 어울림 식구들이 서둘러 귀를 막았다. 현우와 송지유가 무언가 대화를 주고받았다.

"아, 젠장! 입 모양을 봐버렸어!"

김은정이 결국 눈까지 감아버렸다.

그렇게 한바탕 폭풍이 지나가고 스위트룸으로 로이 황과 함께 소소 연예신보의 백소정 기자가 들어왔다.

얼떨결에 같이 리무진 밴을 타고 왔지만, 백소정 기자는 여전히 얼어붙어 있었다. 중국 거대 영화 제작사이자 배급사인 화류 영화사 사람들도 사람들이지만, 눈앞엔 한국의 초대형 스타인 송지유와 요즘 한국에서 가장 유명한 기획사인 어울림의 대표까지 있었다.

삼류 연예 신문사의 말단 기자로서는 거물 중의 거물들을 만난 격이었다.

"앉아요, 기자님."

현우가 자리를 권했다. 어렸을 적부터 한류 팬이었던지라 백소정 기자는 한국말을 제법 잘했다.

"가, 감사합니다."

백소정 기자가 얼른 맞은편으로 앉았다. 그러고는 감히 고개를 들지 못했다.

바로 눈앞에 김현우 대표와 한국의 국민 여동생이라 불리는 송지유, 또 어울림의 유명한 실장과 팀장이 자리를 잡고 있었다.

"본격적으로 이야기를 나누기 전에 실례가 아니라면 카메라에 담긴 사진 좀 볼 수 있을까요, 기자님? 아, 물론 거절하셔도 됩니다."

"네? 여, 여기요."

백소정 기자가 서둘러 현우에게 카메라를 건넸다. 현우가 천천히 카메라에 담긴 사진들을 살폈다. 송지유도 함께 카메라를 들여다 보았다.

백소정 기자가 덜덜 떨었다. 혹여나 잘못 찍은 사진이 있나 싶어서였다. 이내 현우가 만족스러운 표정을 했다. 역시 이번에도 감이 좋았다. 화류 영화사 측에서는 삼류 연예 신문이라고 평가를 했지만, 현우가 보기에 전혀 그렇지 않아 보였다.

"우리 지유랑 지혜를 예쁘게 잘 찍어주셨네요. 사진을 전공하신 겁니까? 사진 실력이 보통이 아닌데요?"

"아, 저는 한국어 전공했습니다."

"그래요? 그래서 한국말을 잘하셨군요?"

"네. 핫 보이스 팬이었어요."

현우와 손태명이 서로를 보며 눈빛을 주고받았다. 카메라에 담긴 사진들도 문제가 없었고, 한류 팬 출신인 기자였다. 더없이 좋은 조건이었다.

"기자님, 한 가지 제안을 할까 하는데요."

"네, 네? 제안요?"

현우가 잠시 뜸을 들이다 말을 꺼냈다.

"우리 지유가 상해에서 영화 프로모션 일정으로 머무는 동안 일거수일투족을 취재해 주셨으면 합니다. 단독 인터뷰도 좋고, 뭐든 좋습니다."

"네?!"

너무 당황해서 제대로 알아듣지 못한 백소정 기자였다. 로이 황이 급히 중국어로 통역을 해주었다.

"세상에! 정말요? 정말로요?"

백소정 기자가 연신 중국어를 내뱉으며 놀라고 또 놀랐다. 창립한 지 얼마 되지도 않은 소소 연예신보에겐 엄청난 기회였다.

"왜 저희 같은 작은 곳에 이런 큰 기회를 주시는 거죠?"

백소정이 진지하게 중국어로 물었다.

"공항에서 다른 중국 기자님들과 다르게 열심히 우리 지유랑 지혜를 찍고 계시더군요. 뭐랄까… 그냥 믿음이 가서요? 또 다른 중국 매체들은 우리 지유한테 관심이 별로 없는 것 같아서 말입니다. 기왕 기사 나갈 거, 소소 연예신보처럼, 또 백소정 기자님처럼 우리 지유한테 관심이 많은 곳이 마음이 놓일 것 같아서요."

"네에?"

황당했다. 초면인데 언제 봤다고 이런 말을 하는지가 궁금했다.

"쉽게 말해서 저희 어울림에서 지유 관련 특종을 몰아주겠다는 겁니다. 대신 약속을 해주셔야 합니다. 최대한 정직하고 있는 사실만 기사로 내보내야 합니다. 그리고 최대한 언플을 해주셔야 합니다."

"어, 언플?"

"네. 언플이라는 단어를 아십니까? 한류 팬이라면 아실 텐데요?"

"언플, 언플."

백소정이 더듬더듬, 언플이라는 한국 단어를 곱씹었다. 그러다 그 단어의 의미가 떠올랐고 얼굴이 밝아졌다.

"네. 할 수 있습니다! 잘할 수 있어요!"

"그렇다면 잘 부탁드립니다."

현우가 씩 웃으며 손을 내밀었다. 로이 황과 화류 영화사 관계자들이 현우의 수완에 혀를 내둘렀다.

"하아… 이거 텃세 한번 심하네."

"참자, 현우야."

오전 9시 30분 H 호텔 스위트룸. 현우와 손태명이 테이블을 사이에 두고 중국 포털 사이트 반응을 살펴보고 있었다.

역시나 송지유에 대한 기사는 구석에 몇 줄 정도가 전부였다. 자그마한 사진이라도 실린 곳은 그나마 다행이었고, 대부분은 '한국에서 탑스타가 왔다' 이 정도가 전부였다. 대신 중국의 유명 연예인들과 관련된 기사는 별로 중요하지도 않은 내용으로 일면을 장식하고 있었다.

"땅덩어리가 워낙 크잖아. 연예인도 그만큼 많고."

"그래. 그렇게 생각해야지."

손태명의 말에 현우가 애써 아쉬움을 달랬다. 그때였다. 똑똑, 노크와 함께 최영진이 들어왔다. 옆에는 한국어가 가능한 화류 영화사 쪽 여직원이 함께였다.

"구해 왔냐?"

"네, 현우 형님. 근처 싹 돌아서 눈에 보이는 신문이란 신문은 다 사왔습니다."

최영진이 테이블 위로 신문 더미를 올려놓았다. 상해 지역의 연예 신문들이었다. 여직원이 연예 신문을 펼쳤다. 그리고 송지유와 관련된 기사를 찾아서 하나하나 통역을 해주었다.

그나마 상해 지역의 연예 신문이라 그런지 송지유의 중국 방문을 다루고는 있었지만 역시나 일면은 상해에서 활동하는 중국 연예인들의 사생활 같은 기사가 주를 이루고 있었다.

"냉정하게 말해서 여기 이분들의 기사가 우리 지유의 중국 첫 방문보다 중요하다고 생각합니까?"

현우가 여직원에게 물었다. 여직원의 얼굴이 붉어졌다. 같은 중국인으로서 민망할 정도였다.

"대신 사과드리겠습니다, 대표님."

"아뇨. 직원분께선 잘못 없죠. 미안해할 것 없어요. 후우…
소소 연예신보 좀 봅시다."

"네, 대표님. 여기 있어요."

여직원이 소소 연예신보의 신문을 테이블 중앙으로 올렸
다. 일면에 송지유와 신지혜의 푸동 공항 입국 사진이 걸려 있
었다. 여직원이 차분히 기사를 읽어 내려가기 시작했다.

**[한국 국민 여동생! 중국 상해 첫 방문! 푸동 공항에 한류
팬들 대집결!]**

한국의 국민 여동생, 국민 소녀라 불리는 탑 가수이자 배우
인 송지유가 상해 푸동 공항을 통해 상해를 찾았다. 주연 영화
'아는 언니'의 중국 프로모션 행사를 위해 방문한 것이다. 이
날 한국의 소녀 스타를 환영하기 위해 천 명이 훌쩍 넘는 한류
팬이 집결했다. 한국의 대스타는 팬들의 손을 하나하나 잡아주
며 소통의 시간을 가졌다. 겸손하고 낮은 자세의 대스타에게
많은 중국 팬은 큰 감동을 받을 수 있었다. 그녀는 많은 시간
공항에 머물며 팬들과 함께했고, 단 한 번도 미소를 잃지 않았
다. 푸동 공항에서는 연신 송지유! 라는 이름이 연호되었다. …
중략…

기사를 읽어 내려가던 여직원이 신문을 테이블에 내려놓았

다. 현우가 손태명을 보며 고개를 끄덕였다.

더없이 훌륭한 기사였다.

"형님, 삼류 언론이라더니 제가 보기에는 아닌 것 같은데요?"

최영진도 놀란 눈치였다. 현우가 최영진의 어깨를 다독였다.

"영진아, 잊지 마라. 우리 어울림도 작년 초만 해도 삼류 기획사 소리를 들었다. 소소 연예신보랑 백 기자님은 그저 기회가 없었을 뿐이야. 함부로 일류니 삼류니 단정 짓는 거 아니다."

"네, 형님. 명심하겠습니다."

최영진이 현우의 조언을 되새겼다. 하지만 손태명은 크큭 웃기만 했다. 현우의 아버지 김형식으로부터 입사 면접 때 현우가 남겼던 전설의 '삼류인생론'을 전해 들은 적이 있기 때문이었다.

"그래. 그건 그렇고. 소소 연예신보 쪽 신문은 많이 팔린 것 같았냐?"

"음. 제가 보기에는 제일 많이 팔린 것 같던데요? 몇 군데밖에 둘러보지 못해서 확신은 못 하지만요."

"그 정도면 충분해."

현우가 먼저 소파에서 일어났다. 이제 겨우 시작일 뿐이다.

초장부터 배가 부를 수는 없었다.

                    *   *   *

　송지유의 스위트룸, 테이블 위로 노트북 여러 대가 불빛을 발하고 있었다.

　화면마다 인터넷판 소소 연예신보가 떠올라 있었다. 현우가 노트북을 자세히 들여다보며 조회 수를 확인했다. 오전 10시를 기점으로 조회 수가 가파른 상승세를 보이고 있었다.

　소소 연예신보 측은 지금 난리가 난 상태였다. 창립 역사상 유례가 없는 관심을 받고 있으며, 국장부터 시작해 얼마 되지도 않는 모든 임직원들이 송지유에게만 매달려 있는 상태였다. 그리고 그 영향으로 백소정 기자는 아예 같은 호텔에 머물며 송지유를 밀착 취재 하고 있었다.

　"효과가 확실히 있습니다, 김현우 대표님."

　로이 황이 또 놀란 눈치였다. 젊은 대표가 자그마한 중국 연예 매체를 통해 모든 관심을 서서히 끌어모으고 있었다.

　"이건 일도 아닙니다. 진짜배기는 우리 지유니까요."

　송지유는 타고난 별이었다. 어두운 밤, 그 속에서 홀로 고고히 빛나는 커다란 별. 그래서 사람들의 눈에 띌 수밖에 없는 그런 존재였다.

애초부터 현우는 자신이 있었다. 누구라도 알기만 한다면 송지유라는 고고한 별을 동경할 수밖에 없다.

"찍겠습니다!"

한편, 백소정 기자는 송지유의 일거수일투족을 카메라에 담고 있었다.

김은정이 능숙하게 송지유의 얼굴에 분칠을 하고 헤어를 만졌다. 현우가 그 모습을 보며 씩 웃었다.

현우가 핸드폰을 꺼내 송지유의 SNS에 들어갔다.

[중국 상해에 있어요! 소소 연예신보 기자님이 취재 중! 오늘 오후 7시 상해 프로모션 때 봐요! 사랑해요! 팬 여러분!]

송지유가 신지혜처럼 만두 머리를 하고 셀카와 함께 글을 올려놓은 상태였다. 푸동 공항에 마중을 나와주었던 중국 팬들이 한국 팬들과 더불어 빼곡하게 댓글을 남겨놓은 상태였다.

"감사합니다. 대표님과 지유 씨한테 큰 신세를 지고 있습니다."

곁으로 다가온 백소정 기자가 또박또박, 한국어로 감사 인사를 전했다. 현우가 고개를 저었다.

"기사 잘 써주셨던데요? 그거면 충분합니다, 기자님."

SNS를 통해 상해 프로모션 홍보와 더불어 소소 연예신보까지 송지유가 대놓고 홍보를 해주고 있는 꼴이었다. 소소 연예신보를 향한 창립 역사상 유례없었던 관심도 다 송지유의 저력에서 비롯된 것이었다.

백소정 기자가 연신 고마움에 어쩔 줄을 몰라 하고 있었다.

＊　　　　＊　　　　＊

오후 4시가 넘어 현우 일행이 H 호텔을 벗어났다. 하얀색 리무진 밴 두 대가 상해 프로모션 장소인 남경로를 향해 나아갔다.

리무진 밴 안, 현우는 화류 영화사 측과 프로모션 관련 대화를 나누느라 정신이 없었다.

남경로를 상해 프로모션의 장소로 선정한 이유는 바로 상해의 대표적인 번화가였기 때문이었다. 번화가인 만큼 유동 인구도 많아 다수의 중국 팬들을 끌어모을 수 있었고, 특설무대를 제외하면 사방이 탁 트인 곳이기도 했다.

수호 팀이 근거리에서 경호 임무를 맡긴 하겠지만, 중국은 워낙 인구도 많고 변수도 많은 나라였다.

"남경로 일대 안전은 확실합니까? 혹시나 인명 사고라도 나면 곤란한데요."

현우가 물었다.

"당국에서 공안들을 지원하기로 했습니다, 대표님. 큰 문제는 절대 없을 거예요."

화류 영화사 여직원이 자신감을 내비쳤다.

"대표님, 우리 측에서도 간신히 허가를 받은 프로모션 행사입니다. 만반의 준비를 했으니까 걱정 마십시오."

로이 황이 현우를 안심시켰다. 손태명이 현우의 팔을 툭 하고 쳤다.

"중국에 오더니 왜 이렇게 불안해해? 너답지 않게. 드림걸즈 팬들한테 한우 투 플러스로 소고기 쏘던 그 패기는 어디 갔어?"

잔소리 대마왕인 손태명이 오히려 현우를 제지하고 나설 정도였다. 현우가 어깨를 으쓱해 보였다.

"여긴 우리 홈그라운드가 아니잖아. 축구 경기도 항상 보면 원정에서 변수가 터지더라. 대표로서 조금 더 꼼꼼하게 짚어 보고 싶었을 뿐이야."

"좀 한국에서도 그러면 안 되겠어, 현우야?"

"그럴까?"

손태명의 간절한 부탁에 현우가 픽 웃었다. 손태명 덕분에 긴장감이 풀어졌다. 현우의 시선이 나란히 도로를 달리고 있는 송지유의 리무진 밴으로 향했다.

"잘하겠지, 지유?"

"그걸 말이라고 해?"

"떨려서 그런다. 꼭 지유 첫 무대 때 느낌이 나."

"잘할 거다, 현우야."

손태명이 현우의 어깨를 몇 번이나 두들겼다. 그리고 화류 영화사 여직원이 그런 둘을 의심스러운 눈동자로 쳐다보고 있었다.

*   *   *

상해의 번화가 남경로. 거대 쇼핑몰 화류 쇼핑몰 앞으로 화려하고 고급스러운 특설 무대가 만들어져 있었다.

특설 무대 앞에는 벌써 송지유의 중국 팬들이 몰려와 있었다. 영문을 모르는 평범한 중국 시민들은 그저 흘깃 흘깃, 호기심 어린 시선을 보내어왔다. 일부 중국 시민들은 아예 걸음을 멈추고 특설 무대 위의 커다란 스크린을 쳐다보고 있었다.

연예인으로 보이는 소녀의 얼굴이 떠올라 있었는데, 생전 처음 보는 얼굴이었다. 무엇보다 중국 여가수들이나 여배우들과는 비교도 되지 않는 미모가 빛을 발하고 있었다.

"누구지? 설비비보다 훨씬 예쁜데?"

설비비라면 중국 최고의 여배우로 평가받는 탑스타였다.

"진짜네. 합성은 아니겠지? 컴퓨터 그래픽 같은."

"그럴 수도 있어. 왕주연 느낌도 나네."

"왕주연? 내가 보기에는 왕주연보다 예쁜데? 근데 진짜 합성인가?"

"합성은 무슨. 보니까 한국 연예인인가 보던데?"

"그래? 진짜 한국 배우인가? 한국에 저런 배우가 있었어?"

스크린 속 송지유를 보고 특설 무대로 모여드는 중국 시민들이 조금씩 늘어나고 있었다.

"송지유라고 한국에서 온 가수이자 배우입니다. 지금 한국에서 인기 엄청 많아요! 넘버원이라고요!"

"'아는 언니'라는 장삼우 감독님 영화가 곧 개봉을 하거든요? 그 영화 주연배우예요. 7시에 프로모션 행사 있으니까 꼭 보고 가요. 후회 안 할 겁니다!"

"얼굴은 왕주연! 노래는 등려군이라니까요, 아저씨? 한국에서는 국민 여동생이라고 난리예요!"

"에이! 학생! 그게 말이 되냐? 얼굴은 그렇다고 쳐도 노래까지 그렇게 잘할 수 있겠어, 응?"

"진짜라니까요?"

송지유의 중국 팬들이 신이 나서 중국 시민들에게 홍보를 하고 있었다. 그사이 하얀색 리무진 밴이 특설 무대 앞으로 들어섰다.

와아아! 푸동 공항으로 마중을 나왔던 팬들이 이번에도 송지유를 격하게 반겨주었다. 밴에서 최영진이 먼저 모습을 드러내었다. 그리고 리무진의 문을 열었다.

송지유가 차분히 리무진 앞으로 섰다. 살짝 앞머리를 내린 반 묶음 머리가 바람에 휘날렸다. 송지유의 상징이나 마찬가지인 개나리 색깔 원피스에 높은 구두까지. 풀 세팅을 한 송지유가 환하게 웃으며 살랑살랑 손을 흔들었다.

무뚝뚝한 인상을 짓고 있던 공안들이 그 모습에 헉! 헛숨을 들이켰다. 온통 사방이 빛으로 물들고 노란색 꽃가루가 휘날리는 기분이었다.

상해를 찾은 VIP들을 경호하는 임무를 수없이 도맡아봤지만 생전 이렇게 아름다운 여자는 처음이었다. 실제로 존재하는 사람인가 싶어 공안들도 자꾸만 시선이 갔다. 꼭 한국에서 상해를 찾은 공주 같은 느낌이 났다.

와아아! 중국 팬들은 물론이고 이제는 중국 시민들까지 함성을 더하고 있었다.

"거봐요! 아저씨! 제가 예쁘다고 했죠? 사람 같지 않다고 했죠?"

"이야. 이거 진짜네. 학생 덕분에 내가 좋은 구경을 하네. 응?"

갑작스럽게 남경로에 축제 분위기가 형성되었다.

"내가 뭐라고 했냐? 걱정하지 말라고 했지? 지유 존재 자체가 사기라니까?"

"그래. 새삼 오늘 또 깨닫는다. 대륙이라 그런가? 진짜 화통한데?"

현우가 씩 기분 좋게 웃었다.

등장과 동시에 남경로를 지나던 중국 시민들이 송지유에게 매료되어 버렸다. 프로모션 특설 무대로 점점 많은 수의 중국 시민이 몰려들고 있었다.

"시작이 좋아."

현우가 중얼거렸다.

그사이 송지유가 화류 영화사 진행 요원들의 안내를 받아 특설 무대로 향했다. 중국 시민들이 송지유의 작은 행동, 몸짓 하나하나에도 눈을 떼지 못했다.

마침내 무대로 올라선 송지유가 행사 MC로부터 마이크를 건네받았다. 그러고는 다시 한번 중국 팬들과 시민들을 향해 손을 흔들었다. 눈웃음은 덤이었다.

와아아! 남경로가 함성으로 또 한 번 들썩였다. 통역을 전해 듣기 위해 송지유가 인이어를 꼈다.

상해 지역의 유명 방송인인 행사 MC가 입을 떼었다.

"여러분! 오늘 한국의 국민 여동생으로 불리는 송지유 양이 우리 상해를 방문해 주셨습니다! 우리 중국인들의 열정을 보여쭙시다! 함성!"

와아아! 와아아! 남경로가 또다시 들썩였다. 송지유가 웃음을 터뜨렸다. 오오! 중국 팬들과 시민들이 감탄을 했다. 중국에서는 미인이 웃을 때 만 개의 꽃송이가 피어난다는 표현을 하곤 했는데, 지금이 딱 그랬다.

"송지유 양! 정식으로 첫 인사를 해주시죠!"

통역을 전해 들은 송지유가 고개를 끄덕이며 한 손으로 하트를 그려 보였다. 거대 스크린으로 송지유의 손가락 하트가 잡혔다. 그리고 송지유의 얼굴이 다시 잡혔다.

중국 시민들이 송지유의 목소리를 듣고자 숨을 죽였다. 미인을 숭상하기도 하는 중국에서는 미인의 많은 조건 중에 고운 목소리를 꼽기도 했다.

"워 아이니."

일순간 남경로가 침묵으로 물들었다. 행사 MC인 미스터 류도 멘트를 잊고 할 말을 잃었다.

의외의 반응에 살짝 놀란 송지유가 눈을 크게 뜨고 중국 시민들을 살펴보았다. 그러다 다시 입술을 뗐다.

"워 아이니. 제 발음이 별론가요, 여러분?"

와아아! 뒤늦게 함성이 터졌다. 청아하고 단아한 목소리였다. 중국 팬들과 시민들이 한마음으로 연신 '워 아이니'를 연호했다.

그러자 남경로가 일대가 '워 아이니'라는 단어로 뒤흔들렸다. 화류 영화사 측 관계자들이 질린 얼굴을 했고, 로이 황은 회심의 미소를 짓고 있었다.

한편, 현우와 손태명, 최영진도 많이 당황한 상태였다.

"이, 이거 무슨 종교… 집회 같은데요, 현우 형님?"

최영진이 더듬거리며 말을 했다.

송지유가 첫 인사로 남긴 '워 아이니'의 파급력은 엄청났다. 송지유의 팬들은 물론이고 중국 시민들까지 모두 빠져든 상태였다. 그리고 남경로 특설 무대로 점점 많은 숫자의 중국 시민들이 몰려들었다.

화류 영화사 측 진행 요원들과 공안들이 있어 큰 혼란은 야기되지 않았지만, 특설 무대 뒤편에서 이를 지켜보는 현우와 일행들은 압도적인 스케일에 질린 표정을 하고 있었다.

"형님! 종교 집회 맞는 거 같은데요?"

"솔직히 예상 밖이야. 이거 실화냐?"

현우가 피식 웃으면서도 흐뭇해했다.

중국 팬들을 제외하곤 대부분의 중국 시민들은 송지유가 누군지도 몰랐다. 그런데도 팬들과 마찬가지로 열광적인 반응을 보였다. 로이 황으로부터 중국이라는 나라가 미인에 대한 동경이 남다르다는 것을 듣기는 했지만, 실제 두 눈으로 보게 되니 굉장히 신기했다.

"지유가 중국에서도 충분히 통하는구나."

손태명이 진지한 어투로 말했다. 현우가 고개를 끄덕거렸다.

"당연하지. 송지유인데."

그렇게 말하곤 현우가 특설 무대 펜스를 내려다보았다. 여러 언론 매체에서 송지유를 카메라에 담고 있었다. 푸동 공항에서와는 사뭇 분위기가 달랐다.

"어때 보여, 태명아?"

"기자들? 불만들이 가득한데, 불안해 보이기도 하고."

"그렇지?"

현우가 작게 웃었다. 그럴 만도 했다. 특설 무대 위에는 백소정 기자와 함께 소소 연예신보 측의 기자들이 송지유를 근거리에서 밀착 취재 하고 있었다. 특설 무대 아래 펜스에 막혀 있는 기자들이 보기에는 엄청난 특권이자 차별 대우였다.

아니다 다를까. 화류 영화 측 홍보 마케팅팀 팀장이 급히 무대 뒤쪽으로 올라왔다. 그러고는 화류 영화사 여직원에게 귓속말을 전했다.

현우가 눈동자를 빛냈다.

"걸려들었네."

"그런 것 같습니다, 형님."

최영진이 대답했다.

"김현우 대표님, 전할 말이 있습니다."

화류 영화사 여직원이 현우에게 다가와 말했다.

"뭡니까?"

"기자들이 소소 연예신보처럼 자기들도 송지유 양을 가까이서 찍고 싶다고 합니다."

"안 됩니다."

"대, 대표님?"

여직원이 당황해했다. 당장 언론 매체 한 곳, 한 곳이 아쉬운 상황이었다. 도저히 이해를 하지 못하겠다는 표정으로 여직원이 다시 입을 열었다.

"프로모션 행사 독점 취재는 소소 연예신보가 맡을 겁니다. 프로모션 행사 후에 따로 인터뷰 시간이 있으니까 그때 취재하라고 전하세요."

"네?"

결국 여직원이 푹 한숨을 내쉬었다. 한국에서 불도저라 불린다더니 진짜로 불도저 그 자체였다. 화류 영화사 홍보 마케팅팀 팀장도 현우의 뜻을 존중하기로 했다.

"괜찮을까요, 형님? 소소 연예신보는 규모도 작은 언론사가 아닙니까? 중국 기자들이 먼저 손을 내미는데 이렇게까지 하면… 우리 쪽이 손해 아닐까요?"

최영진이 조심스레 물었다. 현우가 고개를 저었다.

"절대 아니지. 태명아, 네가 대신 말 좀 해줘라."

손태명이 한숨과 함께 최영진을 쳐다보았다. 이 험난한 연예계에서 참으로 순박한 영혼의 소유자가 아닐 수 없었다. 뭐 물론 그 점이 큰 장점이긴 했지만 말이다.

"영진아, 잘 생각해 봐. 삼류 듣보잡 언론사가 지유 독점 취재를 따냈다. 그리고 너도 보다시피 프로모션 행사에 예상보다 더 많은 사람들이 몰려들었어. 그걸 또 소소 연예신보가 독점으로 취재를 하고 있는 상황이야. 그렇다면 펜스에 붙어서 구경이나 하고 있는 기자들은 어떤 생각이 들겠냐?"

"애가 타겠죠. 분명 특종인데 자기들은 밀려서 구경이나 해야 하니까요."

"그래. 그렇다고 치자. 그럼 프로모션 행사 끝나고 소소 연예신보 측에서 독점으로 기사 대문짝만 하게 실을 게 뻔한데, 저 기자들은 뭐 할 것 같아?"

"아하!"

최영진이 뒤늦게 이해를 하고 눈을 크게 떴다.

"소설을 쓰거나 아니면 어떻게든 인터뷰를 따내려고 하겠죠."

"그래, 그거다. 프로모션 행사가 이대로만 끝난다면 줄을 설 거다. 그럼 그때 우린 줄을 서시오! 이 한마디만 하면 되는 거야."

현우가 마무리를 지었다. 최영진이 생각에 잠겨 연신 고개를 끄덕거렸다.

"너, 선영 씨랑 밀당은 하냐?"

"예, 예? 밀당요? 제가요?"

"됐다. 말을 말자."

현우가 피식 웃으며 최영진의 어깨를 두들겼다. 그러고는 다시 말을 이었다.

"보자고. 지유가 어떻게 중국인들의 마음을 훔치는지 말이야."

현우의 시선이 송지유에게로 향했다.

*   *   *

"워 아이니!"

"워 아이니!"

이제는 아예 구호가 되어 있었다. 송지유가 활짝 웃으며 연신 손을 흔들어주었다. 그러고는 쉿! 손가락 하나를 입술로 가져다 대었다. 송지유의 작은 행동 하나에도 중국 팬들과 시민들이 숨을 죽였다.

"중국 팬 여러분들도 제 말을 잘 듣네요? 아주 착해요."

미스터 류가 얼른 통역을 했다.

"공항에 마중 나온 우리 팬들 어디 있는지 찾아볼까요?"

송지유가 쪼그려 앉아서 특설 무대 아래를 살펴보기 시작했다. 그러다 송지유가 활짝 웃으며 손을 들어 한 방향을 가리켰다.

송지유의 지목을 받은 중국 팬들이 방방 뛰며 좋아했다. 중국 시민들도 덩달아 응원을 했다.

"좋아요. 여러분, 제가 누군지 알아요?"

중국 팬들이 송지유! 갓 지유! 등 온갖 별명을 쏟아냈지만, 현장엔 송지유를 모르는 중국 시민들이 압도적으로 많았다.

"왕주연!"

"그래! 왕주연이다!"

중국 시민들의 센스에 송지유가 입을 가리고 웃었다.

"아니에요. 제 이름은 송. 지. 유!"

중국어로 자신의 이름을 소개하는 송지유였다. 와아아! 중국 시민들이 또 좋아서 난리가 났다. 송지유가 짤막한 중국어를 해줄 때마다 아이같이 좋아했다.

"상해 시민 여러분들은 참 귀여운 것 같아요. 저 중국말 또할 줄 알아요. 단단미엔! 차오미엔! 자미엔!"

한국말로 번역을 하면 단단면, 차오면, 자미면이라는 말이었다. 상해 지역에서 많이 먹는 면 요리 이름이었다. 어설프지만 귀여운 중국어에 중국 팬들과 시민들이 또 난리가 났다. 송지유를 올려다보며 함박웃음을 짓고 있었다.

"그리고 또, 니우러우탕! 이건 발음이 너무 어려워요! 다시 해볼게요. 니우러우탕! 맞아요?"

와아아! 또 함성이 터졌다.

"좋아요! 그럼 이제 제 소개를 해볼게요."

송지유가 다시 특설 무대 끝으로 걸어가 쪼그려 앉았다. 그리고 40대 중국 직장인을 가리켰다.

"아저씨, 제 이름이 뭐라고 했죠?"

지목을 받은 40대 직장인이 헉! 숨을 들이마셨다. 송지유와 눈이 마주치니 숨이 멎는 것만 같았다.

송지유가 고개를 돌려 쉿! 절대 이름을 가르쳐 주지 말라고 엄한 표정을 했다.

"……."

"……."

중국 팬들과 시민들이 숨을 죽였다. 그리고 부디 저 남자가 송지유의 이름을 기억하고 있기를 간절히 바랐다. 한국에서 온 이 어여쁜 소녀를 절대 실망시키면 안 된다는 분위기가 남경로 일대를 잠식해 나갔다.

꿀꺽, 침을 한 번 삼킨 후 40대 직장인이 입을 열었다.

"왕주연?"

송지유가 풋 하고 웃었다. 그리고 고개를 저어 보였다.

남경로 일대에 깊은 탄식이 쏟아졌다. 긴장감에 실수를 한 40대 직장인이 어쩔 줄을 모르고 식은땀을 흘렸다.

그를 향해 아쉬움 섞인 원망이 쏟아졌다. 송지유가 등을 돌려 쪼그려 앉았다. 그리고 두 팔에 얼굴을 묻고는 우는 시늉을 했다. 비단 같은 머릿결이 스르르 송지유의 얼굴을 감쌌다.

원성이 점점 커져갔다.

"미, 미안합니다! 미안해요! 실, 실수였습니다!"

40대 직장인이 손수건으로 땀을 닦으며 연신 사과를 했다. 그리고 그때 송지유가 자리에서 일어나 친히 특설 무대 아래로 걸어 내려갔다. 그러고는 펜스를 사이에 두고 40대 직장인의 앞에 다가섰다.

40대 직장인은 물론이고 근처에 있던 중국 시민들이 입을 크게 벌렸다. 가까이서 보니 더욱 아름다웠다. 후광이 비추는 것만 같았다.

"아저씨, 제 이름은 송지유예요. 따라해 보세요. 송. 지. 유."

"소, 송지유."

"네, 맞아요. 한국에서 상해로 온 21살 가수 그리고 배우 송지유. 제 이름이 뭐라고 했죠?"

"송지유!"

40대 직장인이 힘차게 소리쳤다. 순식간에 남경로 일대에 송지유의 이름이 울려 퍼지기 시작했다.

"아저씨, 또 봐요."

"……."

송지유가 몸을 돌려 다시 특설 무대 위로 향했다. 40대 직장인은 정신이 나간 상태였다. 꼭 귀신에게 홀린 것 같은 기분이었다.

"고마워요! 제 이름 절대 잊으면 안 돼요?"

송지유가 중국 시민들과 새끼손가락까지 걸고 약속을 했다.

"그럼, 이제 뭐 할까요?"

송지유가 잠시 고민하다 활짝 웃었다.

"맞다! 노래! 노래 불러 드려야겠어요!"

미스터 류가 서둘러 통역을 했다. 와아아! 남경로가 다시 한번 들썩였다.

"이제 봄이네요. 해도 지고 상해의 저녁노을도 너무 아름다워요. 첫 곡은 여러분들도 잘 아시는 노래를 불러 드릴게요."

중국 시민들이 기대감에 물들었다.

"……."

"……."

한편, 화류 영화사 관계자들과 로이 황은 할 말을 잃어버린 상태였다.

급격하게 경제가 발전하면서 중국 연예계도 급격한 성장을 이루었다. 젊은 나이에 성공한 일부 중국의 여가수나 여배우는 팬들을 팬으로 보지 않았다. 자신들보다 낮고 하찮은 존재로 보는 경우가 제법 있었다. 중국 재벌들과의 스캔들도 연일 끊이지 않았다. 배금사상이 그 어디보다 뿌리 깊게 박힌 곳이 바로 중국 연예계였다.

그런데 21살밖에 되지 않은 한국의 대스타는 그 격이 달랐다. 중국인들과 동등하게 눈높이를 맞춰주었고, 겸손하면서도 사랑스러웠다. 말 한마디, 작은 행동 하나하나에도 진심이 느껴졌다. 어디 그뿐인가. 처음 보는 중국인들도 매료시킬 만큼 마성의 매력을 가지고 있었다. 거기다 중국 여배우들에게서도 느낄 수 없는 특유의 기품까지…….

남경로 일대에 모인 중국인들은 물론이고, 곧 중국 전역에서 송지유를 사랑하게 될 거라는 예감이 밀려들었다.

"왜 중국에는 지유 씨 같은 스타가 없을까요, 실장님?"

화류 영화사 여직원이 안타까워했다. 로이 황도 동감이었다. 송지유라는 고고한 별이 대륙에 모습을 드러내었다. 중화권 연예계에 핵폭탄이 떨어진 격이었다.

그사이 특설 무대 위로 전주가 흘러나왔다. 익숙한 전주에 중국 시민들이 크게 놀랐다.

1970년대 금지곡으로 지정되었지만 밤마다 중국인들은 라디오나 불법 복제 한 카세트테이프로 그녀의 노래를 훔쳐 듣곤 했다. 바로 등려군의 '월량대표아적심'이었다.

중국 팬들은 WE TUBE를 통해 송지유 버전의 '월량대표아적심'을 잘 알고 있었다. 하지만 중국 시민들은 깜짝 놀란 상태였다.

"하, 한국 가수가 이 노래를 부른다고? 등려군 노래는 아무나 못 부르는 노래라고!"

"그렇지! 쉽게 부를 수 있는 노래가 아니야."

중국 시민들이 내심 걱정을 했다. 혹시나 한국에서 온 어여쁜 소녀가 노래를 잘 부르지 못해 분위기가 상할까 걱정을 했다.

하지만 송지유의 중국 팬들은 자신감이 넘쳤다.

"들어보시라니까요? 저도 WE TUBE에서 이 노래를 부르는 걸 보고 팬이 되었는데요?"

"그럼요! 진짜 눈앞에서 이 노래를 듣게 될 줄이야. 한국말로 대박!"

그사이 감정을 잡은 송지유가 180도 달라져 있었다. 처연한 표정과 깊은 분위기를 풍기며 송지유가 첫 소절을 시작했다.

그리고 남경로 일대에 몰려든 모든 중국인들이 향수에 젖어들기 시작했다. 제법 나이가 지긋한 중국 시민들은 더욱 그랬다. 공산당의 시선을 피해 남몰래 숨어서 듣던 노래를 남경로 한복판에서, 그것도 한국에서 온 가수가 불러주고 있었다. 공안들도 딱딱한 표정을 풀고 지금 이 순간만큼은 송지유의 목소리에 귀를 기울였다.

이렇듯 청아하고 단아한 목소리가 남경로 일대를 감싸기 시작했다.

진풍경에 최영진이 현우의 팔을 흔들었다.

"혀, 형님?"

"조용히 노래 듣자. 오랜만이네… 지유가 불러주는 월량대표아적심."

현우가 조용히 두 눈을 감았다. 중국 시민들도 마찬가지였다. 조용히 두 눈을 감고 송지유의 목소리에 집중을 했다. 그리고 각자 살아온 세월의 시간에 모든 것을 내려놓았다.

*   *   *

특설 무대 아래 대기실. 상해 남경로를 가득 메웠던 함성 대신 고요함이 내려앉아 있었다. 딸깍. 김은정이 대기실 전등을 끄고 자그마한 스탠드를 켰다. 은은한 조명이 대기실을 비추었다.

상해 프로모션 행사를 성공적으로 마친 송지유는 소파에

기대어 곤히 잠이 들어 있었다. 얼마나 피곤했는지 무대의상을 그대로 입은 채였다.

현우가 슈트 상의를 벗어 송지유에게 덮어주었다. 그런 다음에는 소파로 털썩 주저앉았다. 긴장감이 풀리자 피로가 한번에 몰려왔다.

현우와 일행들은 말없이 휴식을 취하며 각자 생각에 잠겨 있었다.

"형님."

최영진이 먼저 말을 꺼내들었다.

"솔직히 별생각 없이 중국에 오긴 했는데, 지금은 생각이 많아지네요. 노래의 힘이 이렇게 클 줄은 몰랐습니다. 한국에선 당연하게 느껴지던 것들이 중국이라 그런지 다르게 느껴지네요."

최영진의 눈동자가 붉어져 있었다. 감동을 받아서였다. 송지유를 잘 아는 중국 팬들도 아니고, 송지유를 생전 처음 보는 수많은 중국인들이 마음을 열어주었다. 언어도 통하지 않았지만 송지유의 노래에 귀를 기울여 주었다.

최영진도 대다수의 평범한 한국인처럼 중국에 대한 생각이 그리 긍정적인 것은 아니었다. 사실 별로 관심이 없었다.

하지만 다수의 중국인들이 송지유의 노래를 통해 감정적으로 하나가 되었다. 남경로 일대가 송지유의 노래로 가득해진 그 광경은 아직도 잊히지가 않았다.

덕분에 생각이 많이 바뀐 최영진이었다.

"지유가 부럽네요. 가수라는 거 말이에요."

"그래. 네 말이 맞다, 영진아. 우리같이 문화계에 종사하는 사람들은 절대 편견을 가져서는 안 되는 거야. 언어는 다를지 몰라도 노래는 만국 공통어니까."

"맞는 것 같습니다. 존 레논 노래나 들어야겠어요."

최영진은 아직도 나이가 지긋한 노인네들의 그 눈빛을 잊을 수가 없었다.

"후우… 아무튼 드디어 끝났구나. 상해 프로모션."

현우가 소파 뒤로 머리를 기대었다. 상해 프로모션을 앞두고 송지유도 그렇고 어울림 식구들도 많은 걱정을 하고 있었다. 하지만 이제는 속이 후련했다. 마음도 가벼웠다.

현우가 쌔근쌔근 잠들어 있는 송지유를 쳐다보았다. 저 작은 어깨에 참으로 많은 짐이 얹어져 있었다. 말은 안 했지만 이번 영화를 두고 송지유가 감당해야 할 일이 너무 많았다.

'이제 영화는 다신 안 찍는다. 지유는 노래를 할 때가 가장 빛이 나.'

생각을 정리한 현우가 조심스레 캔 맥주를 땄다. 뒤이어 손태명과 최영진도 캔 맥주를 땄다.

"치즈 김밥."

"헉!"

송지유가 뒤척이자 현우가 화들짝 놀랐다. 다행히 송지유가 다시 잠에 빠져들었다. 세 남자가 서로를 보며 헛웃음을 지었다.

"치즈 김밥은 뭐야?"

"꿈에서 뭐 먹나 보다, 현우야."

"하. 지는 맛있는 거 먹는구나."

"다 그런 거 아니겠어?"

손태명이 웃으며 말했다.

"조금 전까지는 진짜 멋있었는데, 에휴. 이 화상들."

김은정이 한숨을 내쉬었다. 그러고는 자기도 얼른 캔 맥주를 땄다. 세 남자의 눈총이 쏟아졌다.

"넌, 뭐야?"

"김현우 대표님, 이러기 있어요? 지유 자니까 저도 맥주 좀 마실게요."

"오케이. 그건 인정."

*　　　　*　　　　*

"줄부터 서세요! 줄은 한 줄입니다! 한 줄! 줄, 줄을 서시오!"

최영진이 중국 기자들을 통제하다 그만 '줄을 서시오'라는 말을 내뱉고 말았다. 말을 내뱉고도 최영진이 아차 싶었다. 상해 프로모션 특설 무대 아래 대기실로 중국 기자들이 바글바글하게 몰려와 있었다.

"영진아, 미쳤냐?"

현우는 어이가 없었다. 너무 들뜬 마음에 흥분을 했는지 최영진이 드립을 치고 말았다. 손태명은 큭큭, 웃기만 했다. 현우가 내뱉는 말은 무조건 따라 하고 보는 최영진이었다.

최영진의 드립을 이해한 화류 영화사 여직원도 웃음을 참지 못했다. 한국 유명 사극을 통해 한때 유행했던 말이라는 것을 알고 있었다.

"그대로 통역할까요?"

"아, 아뇨! 안 됩니다!"

최영진이 극구 사양을 했다. 그사이 송지유가 김은정과 함께 나타났다. 30분 간 쪽잠을 자서 그런지 얼굴에서 더 빛이 났다.

송지유가 나타나자 중국 기자들이 환호성을 질렀다. 이들 역시 남경로 일대에서 벌어진 송지유의 집회를 통해 반쯤은 팬이 되어 있었다.

연신 플래시가 쏟아졌다. 알 수 없는 중국어들도 동시에 쏟아졌다.

현우는 지금의 상황을 어느 정도 예상은 하고 있었다. 하지만 막상 두 눈으로 보게 되니 뭐랄까, 자꾸 헛웃음이 났다.

푸동 공항에서 텃세를 부릴 때는 언제고, 지금은 한 장이라도 더 좋은 사진을 건지기 위해 안간힘을 쓰고 있었다.

"태세 전환은 참."

"기자들 특기지."

현우의 말을 손태명이 마무리했다.

화류 영화사 측에서 서둘러 인터뷰 장소 세팅을 마쳤다. 어느새 하늘은 붉은 노을로 진하게 물들어 있었다. 붉은 노을 아래 송지유는 더욱 아름다웠다.

"인터뷰 따기에는 딱 좋은 저녁이긴 하다, 태명아."

"그러네."

"은정이 먼저 호텔로 보내자. 지혜가 너무 혼자 있네."

"그래, 그럴게."

손태명이 급히 김은정을 먼저 호텔로 보냈다.

그사이 송지유가 세팅된 작은 무대의 중앙으로 앉았다.

"……."

송지유가 기자들을 눈으로 슥 둘러보았다. 상해 프로모션 때와는 확 달라진 분위기에 기자들이 긴장을 했다.

은은하게 흐르는 냉기와 더불어 대스타만이 뿜어내는 압도적인 아우라가 느껴졌다. 몇몇 기자들이 꿀꺽, 마른 침을 삼

컸다. 푸둥 공항에서 푸대접을 한 전적이 있는지라 마음들이
불편했다.

한국에서 온 국민 여동생도 그 점을 알고 있는 것 같아 더
조마조마했다. 곁에 딱 붙어서 취재를 하고 있는 소소 연예신
보의 여기자가 그 어느 때보다도 거슬리고 부러웠다.

그렇게 어느새 전세가 역전되어 있었다.

화류 영화사 여직원이 송지유에게 무언가 귓속말을 했다.

상해 지역에서 가장 큰 언론사인 상해 일보의 기자가 용기
를 내서 손을 들었다. 화류 영화사 여직원이 손으로 그를 가
리켰다.

"정, 정식으로 인사를 부탁드리겠습니다. 저는 상해 일보의
미스터 우입니다."

통역을 전해 들은 송지유의 흑진주 같은 눈동자가 그에게
꽂혔다.

"워 아이니."

프로모션 때 남경로 일대를 들썩이게 만들었던 마법의 단
어였다. 상해 일보의 기자가 잠시 이해를 하지 못하다 하하
웃었다. 잔뜩 긴장을 머금고 있던 다른 기자들도 덩달아 하하
웃기 시작했다.

송지유가 희미한 미소를 머금었다. 하지만 기자들은 쉽사
리 마음을 놓을 수가 없었다. 눈앞의 대스타는 기존의 저자세

로 나오던 한류 스타들과는 그 궤가 달랐다.

"쥐락펴락, 대단하군요. 지유 씨 말입니다. 대체 어떤 모습이 진짜 모습입니까, 대표님?"

로이 황이 혼란스러워했다.

영화 촬영장에서는 사려 깊은 여배우로, 또 오늘 상해 프로모션 행사 때는 꼭 귀신에게 홀린 기분이었다. 좋게 말하면 누구나 좋아할 수밖에 없는 매력을 가지고 있었고, 나쁘게 말하면 한국에 존재한다는 천년 먹은 여우 같았다. 그리고 지금은 극성스러운 중국 기자들도 몸을 사릴 만큼 시린 냉기를 뿜어내고 있었다.

"으음… 글쎄요."

현우가 그저 웃기만 했다. 솔직히 송지유의 본모습을 알고 있는 사람은 어쩌면 현우가 유일할지도 몰랐다.

"대답해 주시면 좋겠습니다, 대표님."

"보시는 그대로입니다. 쉽게 말해서 팔색조라고 치죠."

그리고 본격적인 인터뷰가 상해 방문 이틀 만에 이루어졌다.

*　　　　*　　　　*

"지혜야, 울어?"

"몰라. 저리 가. 삼촌이랑 안 놀아. 말도 안 할 거야!"

인터뷰 일정을 마치고 H 호텔로 돌아와 보니 현우의 숙소 침대에서 신지혜가 얼굴을 파묻고 있었다. 대놓고 '나 제대로 삐졌다'며 무력시위를 하고 있었다.

"으음."

현우가 곤란함에 머리를 긁적였다. 뒤따라 들어온 손태명과 최영진도 곤란하기는 마찬가지였다.

"언제부터 저러고 있었어?"

현우가 조용히 김은정에게 물었다.

"우리 숙소에 없어서 한참 찾다 보니까 여기 있었어요. 어떻게 해요, 오빠?"

"신지혜, 언니 피곤하니까 빨리 일어나."

송지유가 팔짱을 낀 채로 신지혜를 달랬다. 송지유의 말이라면 절대적인 신지혜가 이번에는 말을 듣지 않았다.

"우리 고, 공주님이 왜 화가 났을까?"

"오글거려! 하지 마!"

신지혜가 베개에 얼굴을 파묻고 절대 얼굴을 보여주지 않았다.

사실 현우는 신지혜가 화가 난 이유를 알고 있었다. 상해 프로모션 행사 때 송지유 혼자 온갖 스포트라이트를 다 받았다. 반면 본인은 호텔 방에 박혀 아무것도 하지 못했다. 충분히 서운할 만했다.

현우가 침대 끄트머리에 앉았다.

"왜 앉아?"

"여기 내 침대인데?"

"어?"

신지혜가 살짝 당황해하는 것이 느껴졌다. 현우가 이 틈을 놓치지 않았다.

"지혜야, 빨리 피는 꽃은 빨리 지게 마련이야. 지혜는 아직 어리잖아. 나중에 때가 되면 삼촌이 상해에서 제일 큰 장소에서 지유 언니보다 더 큰 무대 만들어줄게."

"진짜야?"

"당연하지."

신지혜가 스르륵, 베개에서 얼굴을 떼었다. 현우가 이마를 짚었다.

"너 안 울었어?"

"내가 울보야? 왜 울어? 근데 화난 건 진짜였어. 삼촌, 약속했지? 응?"

"그래. 네가 짱이다."

현우가 그저 피식 웃기만 했다.

하지만 현우는 진심이었다. 어쩌면 송지유의 뒤를 이을 아이였다. 과도한 언론 노출로 인해 이미지를 소비시킬 수는 없었다.

유명했던 아역 배우들이 대부분 실패를 하는 이유도 바로 이 점에 있었다. 대중들에게 익숙하다는 점이 장점이 될 수도 있었지만, 반대로 치명적인 단점이 될 수 있었다. 드라마나 이번 영화는 어쩔 수 없다고 쳐도 어울림은 신지혜의 대중적인 노출을 최대한 자제하고 있었다. 드라마의 성공으로 인터뷰나 광고가 밀려들어 왔지만 현우는 전부 거절을 한 상태였다.

신지혜도 이를 모르지 않았기에 더 이상 투정을 부리지 않았다.

"오빠."

송지유가 조용히 현우를 불렀다.

"빨리 피는 꽃은 빨리 지면 나는 이제 곧 지겠네요. 미안해요. 너무 빨리 펴서."

"어?"

현우가 크게 당황해했다. 그 모습에 송지유가 풋 웃었다.

"농담이에요, 농담. 나 배고파요. 프로모션 행사도 잘 끝냈고, 인터뷰도 잘 끝냈으니까 저녁은 맛있는 거 사줘요."

"오케이. 치즈 김밥?"

"네?"

송지유가 고개를 갸웃했다. 반면 현우와 일행들이 큭큭, 웃음을 참지 못했다.

　　　　　*　　　　　*　　　　　*

　상해 프로모션이 있었던 그다음 날, 송지유라는 이름 세 글자가 상해 전역을 뒤흔들고 있었다.

　오전부터 숙소 겸 사무실로 사용되고 있는 현우의 스위트룸은 정신이 없었다. 열 대 정도의 노트북이 열기를 뿜어내고 있었다.

　[한국의 국민 여동생! 상해 프로모션에 비공식 1만 여 명 운집!]

　[내 이름은 송지유! 한국 대스타! 중국 전격 방문! 대호황!]

　[상해의 저녁 하늘에 떠오른 고고한 별 송지유!]

　[1만 명 중국 인민의 마음을 훔치다! 한국 대스타 송지유!]

　[미색은 왕주연! 음색은 등려군?! 한국에서 날아든 상해의 별!]

　상해의 수많은 언론 매체가 경쟁적으로 송지유의 기사를 쏟아냈다. 화류 영화사 여직원은 옆에서 통역을 하느라 정신이 없었다. 하지만 그녀 역시 상당히 격앙되어 있었다.

　"빨리 TV 좀 켜보세요! 어서요!"

화류 영화사 여직원이 방송 시간을 확인하곤 다른 동료 직원들을 재촉했다. 스위트룸의 TV는 물론, 화류 영화사 직원들이 스마트 폰까지 꺼내 들었다.

알 수도 없는 중국어가 사방에서 쏟아졌다.

현우의 입꼬리가 치솟았다. 스위트룸으로 흘러나오는 상해 제일의 연예 채널에서 송지유의 상해 프로모션 광경을 특집으로 다루고 있었다. TV 화면으로 수많은 팬들의 모습과 송지유의 청아한 음색이 울려 퍼졌다.

다른 크고 작은 연예 매체에서도 거의 대부분 송지유의 모습이 나오고 있었다.

"됐어요! 됐습니다!"

화류 영화사 여직원은 물론 다른 직원들까지 신이 나 있었다. 로이 황은 빠르게 지금의 상황을 놓고 화류 영화사 고위 간부들과 통화를 하느라 정신이 없었다.

송지유만 혼자 다리를 꼰 채로 중국의 전통 차를 마시고 있을 뿐, 태연한 기색이었다. 반면 현우 일행은 정신이 하나도 없었다.

"영진아! 한국 반응 살펴봐!"

"예! 형님!"

최영진이 노트북으로 한국 포털 사이트에 접속했다. 세계 제일의 인터넷 속도를 자랑하는 만큼 한국 언론들은 확실히 빨랐다. 중국 쪽 송지유의 인기를 실시간으로 퍼다 나르고 있었다.

[대륙 정복! 국민 소녀라 쓰고 갓 지유라 읽는다!]

[상해 전 지역이 들썩! 국민 소녀가 해냈다!]

[이런 게 애국이다! 장하다! 송지유!]

—중국 쪽 SNS 지금 난리 남 ㅋㅋ 송지유 검색어 1등 등극 ㅋㅋㅋ 중국 전역에서 ㅋㅋ

—당연한 거 아님? 갓 지유를 누가 이겨? 중국 가수나 배우들은 명함도 못 내밀지!

—중국 사람들 반응 누가 안 퍼옴? ㅜㅜ 능력자님들? 제발!

—송지유 영화 일단 중국에서는 대박 나겠네? ㅋㅋㅋㅋ

—헐? 송지유 SNS 팔로워 숫자 실화? 이게 다 몇 명이야? ㄷㄷ

"금메달이라도 딴 기분인데?"

현우가 작게 웃었다. 송지유나 어울림 식구들보다도 한국 국민들이 지금의 상황을 더 좋아해 주고 있었다.

"국위 선양 제대로 한 것 같은데, 지유야. SNS에 감사 인사라도 남겨줘."

"알겠어요."

송지유도 밝은 얼굴이었다.

"다들 이리 와볼래?"

손태명이 어울림 식구들을 불러 모았다. 송지유의 팬 카페 SONG ME YOU에 벌써 중국 네티즌들의 반응이 번역이 되어 올라와 있었다.

　─송지유, 송지유, 송지유! 나는 그녀와 사랑에 빠졌어!

　─여자 친구랑 남경로에 다녀왔어! 송지유는 최고야! 더 말이 필요 없어!

　─송지유 팬으로서 지금의 상황은 당연한 거야. 그리고 그녀의 매력은 훨씬 더 많아! 기대하라고 친구들!

　─중국 연예계는 이제 끝났다! 송지유라는 핵폭탄이 떨어진 격이니까

　─직접 보고 왔어! 그녀는 사람이 아니야! 설비비는 그녀에 비하면 아무것도 아니야.

　─WE TUBE 영상을 우리 조부님께 보여 드렸는데 눈물까지 흘리셨어!

　─설비비의 시대는 갔어! 돈밖에 모르는 중국 연예인들은 이제 진절머리가 나!

　─송지유의 작년 기부 목록이야. 그녀는 천사야!

　─다들 귀신에게 홀린 기분이라고 하더라? 왕주연이 출연했던 영화 속 귀신 같다고 말이야!

―당분간 또 한류가 물 밀 듯이 몰려오겠군. 중국은 아직 멀었다고.

중국 네티즌들의 반응은 끝도 없었다. 다들 송지유 찬양 일색이었다. 어째 한국보다 더 심할 정도였다.

"이제 화룡점정을 찍을 순간이네."

현우가 조용히 중얼거렸다. 그러고는 백소정 기자를 쳐다보며 입을 열었다.

"기자님, 독점 취재, 오늘 안으로 내보낼 수 있으십니까?"

"네네! 오늘 오후 4시까지는 충분히 가능해요!"

"그럼 부탁드리겠습니다."

소소 연예신보에서 이틀간 송지유를 밀착 취재 했다. 송지유를 향한 관심이 집중되고 있는 시점에서 소소 연예신보에서 독점 기사를 내보낸다면 그 파급력은 상상 이상일 것이라는 판단이 들었다.

현우가 생각을 정리하는 사이 로이 황이 통화를 끝내고 자리로 돌아왔다.

"김현우 대표님! 좋은 소식입니다!"

"좋은 소식요?"

현우와 어울림 식구들이 이목이 집중되었다. 로이 황이 상기된 얼굴로 입을 열었다.

"CATV에서 지유 씨를 인터뷰하고 싶다고 화류 영화사 측을 통해 연락이 왔습니다!"

"정말입니까?"

"그렇습니다! 연애 대열차라고 중국에서도 아주 인기가 많은 프로그램입니다!"

현우가 크게 놀랐다. 중국 국영방송의 유명 예능 프로에서 인터뷰 제의가 들어왔다. 그렇다는 것은 중국 전역에 송지유의 이름을 알릴 수 있다는 것이었다.

"좋습니다. 가죠, 무조건 갑시다."

현우가 망설이지 않고 단번에 결정을 내렸다. 기회였다.

* * *

상해 프로모션이 있었던 다음 날 오후 4시. 소소 연예신보 인터넷 홈페이지에 독점 기사 하나가 올라왔다.

[한국에서 온 국민 여동생 송지유! 이틀간의 동행! 오직 소소 연예신보에서만 전격 공개!]

이틀간의 밀착 취재를 통해 송지유의 일거수일투족을 담은 인터넷 기사는 공개와 동시에 뜨거운 관심을 받기 시작했다.

소소 연예신보의 홈페이지가 시시 때때로 마비가 될 정도였다. 다행히도 송지유의 중국 팬들이 중국 내 여러 많은 커뮤니티에 이 기사들을 실어 날랐다.

덕분에 상해 지역을 넘어 점점 송지유가 중국 전역에 알려지기 시작했다.

탁. 현우가 노트북을 덮었다.

"언니! 저기 봐!"

타이밍 좋게 신지혜가 리무진 밴 창밖을 가리켰다. 송지유는 물론 현우의 시선도 창밖으로 향했다.

가판대에 걸린 신문마다 송지유의 얼굴이 대문짝만 하게 실려 있었다. 특히 소소 연예신보의 칸이 유독 많이 비어 있었다. 인터넷 기사는 물론이고, 송지유 독점 기사가 실린 종이 신문도 불티나게 팔리고 있는 실정이었다.

"어떻게 이 은혜를 갚아야 할지, 정말 감사하고 또 감사합니다, 김현우 대표님. 그리고 어울림 가족 여러분."

백소정 기자가 꾸벅 고개를 숙였다. 소소 연예신보는 신생삼류 찌라시 언론이라는 딱지를 떼어냈다. 또한 소소 연예신보라는 이름이 수많은 링크를 타고 상해를 넘어 중국 전역에 알려진 상태였다. 전부 송지유를 독점 취재 하고 나서 벌어진 일들이었다.

"황당한 제안을 받아주신 덕분이죠. 세상에 공짜는 없으니까요."

현우가 별일 아니라는 듯 말을 했다.

"그런데 북경까지 따라가서도 되는 겁니까?"

"그럼요! 가야죠! 특종을 놓치면 안 되니까요."

백소정 기자가 취재 욕구에 불타올라 있었다.

"삼촌, 북경이 중국 수도야?"

"뭐, 그렇지."

"거기 가면 신기한 거 많아?"

"그럼, 시간 나면 구경도 하자."

"응!"

신지혜가 잔뜩 들떠 있었다.

하지만 현우를 비롯해 손태명과 최영진은 잔뜩 긴장을 머금고 있었다.

3박 4일 예정이었던 상해 프로모션 일정에 변동이 생겼다. 중국 국영방송사 CATV의 인기 예능 프로에서 인터뷰 제의가 들어왔기 때문이었다.

송지유와 더불어 '아는 언니'를 중국 전역에 알릴 수 있는 절호의 기회였다.

화류 영화사의 여직원 밍밍이 송지유에게 자신의 노트북을 건넸다.

"지유 씨, 연애 대열차 관련 자료예요. 제가 준비해 봤어요."

"고마워요, 밍밍 씨."

송지유의 시선이 노트북 안으로 향했다. 그사이 리무진 밴이 푸동 공항에 들어섰다.

와아아! 뜨거운 함성이 리무진 밴을 반겼다. 상해 지역의 유력 언론사에서도 모두 취재를 나온 상황이었다. 연신 플래시가 쏟아졌다.

현우는 물론이고 손태명과 최영진도 창밖을 보며 씩 웃었다. 처음 푸동 공항에 도착을 했을 때만 해도 중국 내 팬들을 제외하곤 푸대접을 받았던 송지유였다.

하지만 단 며칠 만에 상황이 바뀌어 버렸다. 중국 팬들을 넘어 상해의 시민들이 송지유를 사랑하고 있었다.

상해의 자랑! 상해의 별! 송지유! 힘내라!
상해의 별! 송지유! 사랑해!

중국 팬들이 들고 있는 플래카드에서도 볼 수 있듯이 어느새 송지유는 '상해의 별'로 불리고 있었다.

앞서 도착했던 SUV 여러 대에서 수호 팀과 화류 영화사 측에서 고용한 경호 인력들이 쏟아져 나왔다. 최호연 팀장과 수호 팀이 서둘러 리무진 밴의 문을 열었다. 빨간색 하이힐과 함께 새하얀 다리가 모습을 드러내었다.

와아아! 함성이 쏟아졌다. 그리고 순백의 원피스 차림을 한 송지유가 완전히 모습을 드러내었다.

송지유가 선글라스를 벗으며 손을 흔들었다.

"북경에 가서도 기죽지 마라! 상해는 항상 응원한다! 송지유!"

"상해에 또 와주세요! 사랑합니다!"

중국 시민들이 입을 모아 송지유를 응원하기 시작했다. 기자들에게서도 텃세는 찾아볼 수가 없었다. 기자들이 앞다투어 마이크를 내밀었다.

"상해에서의 일정 동안 소감을 말해주십시오!"

"상해에 또 방문할 계획이 있습니까?!"

"상해의 별이라고 불리고 있는데 이런 반응에 대해 어떻게 생각하십니까?!"

기자들이 질문을 쏟아냈다. 팬들과 일일이 눈을 맞추며 손을 잡아주고 있던 송지유가 기자들을 돌아보았다. 그리고 팬들을 향해 쉿! 손가락 하나를 들어 보였다. 떠들썩했던 푸동 공항이 순식간에 조용해졌다.

"봤어요? 진짜 조련사 아니에요, 지유 씨?"

밍밍이 팬들을 쥐락펴락하는 송지유를 보며 놀라움을 금치 못했다. 백소정 기자는 지금의 상황을 찍느라 정신이 하나도 없었다.

현우와 손태명, 최영진은 그저 피식 웃기만 했다. 한국에서는 익숙한 광경이었다.

장내가 진정되자 기자들이 서둘러 송지유를 둘러쌌다. 사방에서 마이크가 날아들었다. 송지유가 호흡을 가다듬고는 입을 뗐다.

"상해는 첫 방문이었지만 너무 행복했어요. 많은 상해 시민 여러분이 제 이야기에 귀를 기울여 주셨어요. 남경로에서의 추억은 평생 잊지 못할 것 같아요. 상해의 별이라고 불러주시는 것도 정말 기뻐요. 북경에 가서도 절대 기죽지 않겠습니다. 그리고 영화가 개봉하면 상해에 또 올게요. 제가 보고 싶으시면 저의 노래를 들어주세요."

밍밍이 서둘러 통역을 했다. 기자들이 감탄을 했다. 이 정도면 교과서급 인터뷰였다.

"마지막으로 한마디만 더 하고 싶어요."

밍밍의 통역을 전해 들은 기자들이 귀를 기울였다. 팬들도 숨을 죽였다.

송지유가 살짝 웃으며 입술을 뗐다.

"워 아이니."

귓가에 청아하고 달콤한 송지유의 음성이 녹아들었다. 기자들은 물론이고 팬들이 정신을 차리지 못했다.

          *   *   *

중국 국영방송 CATV 본사 내 스튜디오에서는 '연애 대열차' 생방송이 한창이었다. 중국에서 큰 인기를 구가하고 있는 진행자들과 유명 배우, 가수들이 객원 MC로 활약을 하고 있는 이 프로그램은 현우 일행에겐 상당히 익숙하게 느껴졌다.

전문 진행자들을 중심으로 토크를 이어가고, 유명 배우나 가수들이 양념을 치는 식이었다. 프로그램 구성도 다양했다. 주로 게스트로 출연한 중국 스타들의 몰래카메라가 나가거나 재연 드라마에서 중국 스타들이 다양한 연기를 펼쳤다. 때로는 콩트 상황극이 펼쳐지기도 했다.

현우와 손태명, 최영진은 스튜디오 밖에서 생방송 촬영을 지켜보고 있었다.

"어렸을 때 우리가 보던 예능 프로들이랑 상당히 비슷한데?"

"뭐, 그렇겠지."

현우가 손태명의 말을 받으며 희미하게 웃었다.

근래 중국 예능 프로그램들이 한국 예능 프로그램을 대놓고 표절을 하는 사례가 빈번했다. 그런데 막상 이렇게 두 눈으로 보니 꼭 90년대 초중반으로 돌아간 것 같은 기분이었다.

썩 나쁘지 않은 기분이다.

"현우 오빠, 멋있어 대박! 사인해 줘. 감사해."

여자 작가 한 명이 더듬더듬 한국어로 말을 걸어왔다. 고개를 돌리니 작가들은 물론이고 스태프들까지 줄을 서 있었다. 한류의 영향으로 '연애 대열차'의 제작진이 현우와 일행들을 알아보고 있었다.

"태명 선배, 이거 커피 마셔."

어느 여자 작가 한 명은 손태명에게 커피까지 건넸다.

"고마워요."

손태명의 감사 인사에 여자 작가들이 꺅! 비명을 질러댔다. 한국이나 중국이나 반응은 똑같았다.

그 모습을 살펴보고 있던 최영진도 잔뜩 기대를 머금었다. 마침 귀엽게 생긴 여자 스태프 한 명이 종이와 펜을 내밀었다.

"잘생긴 바보 오빠도 사인 Please."

최영진이 휘청거렸다.

"잘생긴 바보, Right?"

여자 스태프가 뭐가 잘못되었냐고 묻고 있었다. 최영진이 한숨을 내쉬었다.

"예, 예스."

한국 내 별명을 중국에서 그대로 듣게 될 줄은 상상도 못했다.

생방송이 중반에 이르렀을 무렵, 스크린에 별안간 별 하나가 떠올랐다. 그리고 '상해의 별'이라는 키워드가 대문짝만 하게 떠올랐다.

객석에서 비명이 쏟아졌다. 일부 방청객들은 잔뜩 흥분을 한 채로 어쩔 줄을 몰라 하고 있었다.

"갑자기 저 별은 뭐야? 그리고 상해의 별? 저건 또 뭔데? 별들은 여기 다 있는 거 아니었어?"

여자 개그맨 출신 진행자가 의문을 표시했다.

"너, 그러니까 진행자면 인터넷 좀 하고 그러라고! 요 며칠 인터넷 검색어 1위가 누구였는지 몰라?"

"모르는데?"

"그래? 그럼 보여줘!"

거대 스크린 위에 키워드가 하나 떠올랐다.

[상해에 떠오른 상해의 별!]

"자! 봐봐! 모르겠어?"

"상해의 별? 그게 누군데? 여기 있나? 너희들은 알아?"

객원 MC로 나와 있는 중국 여배우 두 명과 남자 가수 두 명이 고개를 저으며 답을 가르쳐 주지 않았다.

[한국의 국민 여동생!]

[한국의 국민 가수!]

[한국 최다 디지털 음원 다운로드 기록!]

[한국 음원 사이트 최장 기간 올 킬 기록!]

[한국 공중파 3사 음악 방송 트리플 크라운!]

[한국 최연소 천만 배우!]

[한국 광고 개런티 1위!]

[한국 광고 파급력 1위!]

[한국 연예인 브랜드 가치 2년 연속 1위!]

압도적인 수식어에 중국 스타들은 물론 방청객들도 입을 다물지 못했다. 생방송으로 '연애 대열차'를 지켜보고 있던 시청자들도 마찬가지였다.

　-누구야? 이런 연예인이 존재해?

　-있다. 상해의 별! 상해의 스타 송지유! 하하!

　-개봉박두! 상해에선 이미 대스타야! 그리고 대스타란 표현이 알맞은 사람이지! 상해의 자랑! 송지유 짜요!(힘내라!)

　-빨리 나와라! 궁금해!

　-송지유의 오랜 팬으로서 너희들 모두 깜짝 놀랄걸?

　-한국의 탑스타야. 그녀보다 인기가 있는 연예인은 한국 내에

서는 거의 없어. 굳이 비교하자면 드림걸즈? i2i?

─송지유? 한국에서 그렇게 유명한데 왜 이렇게 모르는 사람들이 많아?

─왜냐하면 신비주의거든. 한국에서도 활동을 그렇게 많이 하지 않아. 사실 아직 신인급이라고.

"이런 커리어가 가능해? 이 사람 아직 살아 있지?"

여자 MC의 농담에 객석에서 웃음이 터졌다. 통역을 통해 여자 MC의 말을 전해 들은 현우도 하하 웃었다.

"뭐 사실 틀린 말은 아니지."

"현우 형님도 괴물인데, 지유는 정말 사람이 아닌 것 같습니다. 형님이랑 지유랑 어느 별에서 오신 거예요?"

최영진이 질린다는 얼굴로 물었다. 현우는 그저 웃기만 했다. 송지유야말로 현우 본인이 만들어낸 작품 중 가장 걸작인 작품이었다.

"살아 있다니? 그거 엄청난 실례야! 상해에선 이미 대스타라고! 자료 화면 보여줘!"

거대 스크린으로 남경로 일대에서 벌어졌던 상해 프로모션의 영상이 흘러나왔다. 스크린 밑으로 소소 연예신보 자료 제공이라는 자막이 당당하게 적혀 있었다.

그리고 1만에 가까운 상해 시민들의 모습과 더불어 무대 위의 송지유의 모습이 보였다. 그런데 얼굴에 모자이크 처리가 되어 있었다.

중국 스타들은 물론이고 방청객들. 그리고 시청자들도 원성을 터뜨렸다.

"워 아이니!"

와아아! 영상 속으로 송지유의 애교 섞인 중국어 한마디에 들썩이고 있는 남경로 일대가 비추어졌다. 곧이어 남경로 일대로 등려군의 노래가 월량대표아적심의 전주가 흘러나오기 시작했고 때맞추어 스튜디오에도 전주가 흘러나오기 시작했다.

"어? 어? 나온다!"

여자 MC가 화들짝 놀랐다. 스크린 아래의 거대한 문이 갈라지며 노란색 꽃가루가 마구 휘날렸다. 그리고 마이크를 손에 들고 송지유가 손을 흔들며 나타났다.

방청객들이 자리를 박차고 일어나 환호를 했다. MC들은 물론이고 중국 스타들도 깜짝 놀라며 호들갑을 떨었다. 순식간에 스튜디오가 아수라장이 되었다. 두 남녀 MC는 아예 바닥으로 쓰러지기까지 했다.

온몸을 던지는 리액션이었다.

"연출 한번 극적이네. 이거 하나는 마음에 든다. 오늘 하루만 산다는 리액션인가?"

손태명이 중국 예능을 냉철하게 분석했다. 현우도 옆에서 고개를 끄덕이며 동의했다. 확실히 텐션이 유난히 높았던 한국 90년대, 2000년대 초반 느낌이 강했다.

송지유가 쉿! 손가락을 입술로 가져다 대며 장내를 진정시켰다. 그리고 천천히 걸음을 옮겨 무대의 중앙에 다가섰다.

송지유 시그니처인 개나리색 원피스에 개나리색 구두까지. 송지유가 기다란 머리카락을 바람에 휘날리고 서 있었다. 흑진주 같은 눈동자가 자연스레 카메라로 향했다. 서늘하면서도 오묘한 눈동자에 카메라맨들이 꿀꺽, 침을 삼켰다.

봄의 색이 섞인 조명이 송지유에게로 쏟아졌지만 한국에서 온 국민 여동생은 그 존재감이 엄청났다. 모든 상황을 압도하고 있었다.

"……."

"……."

스튜디오는 물론이고 중국 전역이 송지유의 등장으로 정적에 휩싸여 버렸다.

* * *

"중국에서도 이게 뭐야, 삼촌? 마음대로 다니지도 못하고…… 속상해."

신지혜가 현우의 손을 흔들며 울상을 지었다. 빨간색 목도리와 선글라스에 신지혜의 주먹만 한 얼굴 태반이 가려졌다. 송지유는 한술 더 떠서 마스크까지 둘러야 했다.

"이렇게 빨리 유명해질 줄은 몰랐지. 국영방송이라 그런가? 알아보는 사람들이 왜 이렇게 많아?"

현우가 혀를 내둘렀다. 중국이라는 나라가 인구가 많아서 그런지 호텔을 나서자마자 사람들이 송지유와 신지혜를 알아보고 몰려들었다. 덕분에 수호 팀이 진땀을 빼야 했다.

자금성 구경은 꿈도 꾸지 못하고 입구에서 발걸음을 돌려야 했다.

"예약해 놓은 식당이 어딥니까, 밍밍 씨?"

"저기 저쪽에 있네요. 빨리 가요, 대표님."

"그럽시다."

현우가 송지유의 어깨를 감싸고는 서둘러 중국 레스토랑 문을 열고 들어갔다.

"……"

"……"

직원들은 물론이고 손님 일부도 미심쩍은 눈빛들을 보내왔다. 그럴 만도 했다. 따뜻한 봄 날씨에 중무장을 한 송지유와 신지혜는 현우가 보기에도 상당히 수상해 보였다.

"…밍밍 씨?"

"네! 잠시만요! 점심 예약해 놓았어요. 화류 영화사입니다."

직원들이 고개를 갸웃했다.

"아! 저도 모르게 한국말을!"

밍밍이 서둘러 중국어를 내뱉었다. 직원들의 눈동자가 일제히 커지며 송지유와 신지혜를 뚫어져라 쳐다보았다. 그러고는 서둘러 현우 일행을 방으로 안내했다.

드르륵. 직원들이 양쪽에서 문을 열어주었다. 어울림 3층 사무실만 한 방의 전경이 펼쳐졌다. 온갖 휘황찬란한 장신구가 가득했다. 중앙에는 족히 스무 명이 앉고도 남을 원형 테이블이 자리를 잡고 있었다.

"일단 앉읍시다."

로이 황이 송지유와 신지혜의 의자를 먼저 빼주었다. 현우와 손태명, 최영진도 차례로 자리에 앉았다. 그리고 세 남자가 짠 듯이 서류 가방에서 노트북을 꺼내 테이블에 올렸다.

"여기서도 일할 생각이에요?"

송지유가 마스크와 선글라스를 벗으며 콧잔등을 찌푸렸다.

"와아."

"사, 사람이야?"

대답은 레스토랑의 직원들이 대신했다. 송지유의 실물을 본 직원들이 입을 크게 벌리며 놀랐다.

"틈틈이 일도 해줘야지. 중국 쪽 반응이 시시각각 달라지고 있으니까 말이야."

"그건 맞죠, 형님."

최영진도 현우의 말에 공감을 했다. 뒤이어 노트북 세 대가 일제히 빛을 발했다.

이틀 전 저녁 6시, 중국 국영방송 CATV의 최정상 예능인 '연애 대열차'에 송지유가 깜짝 출연을 했다. 그리고 송지유의 출연은 센세이션을 일으키며 중국 대륙을 들썩이게 만들었다.

"아직도 지유가 실시간 검색어 1위냐, 영진아?"

"네, 형님. 이틀째 1등인데요?"

송지유라는 이름 세 글자가 중국 포털 사이트를 뒤덮고 있었다. CATV는 물론 중국 각 지역의 유력 방송사에서 출연 요청도 쇄도하고 있었다.

중국 진출 전속 계약을 맺자며 중국의 유명 엔터테인먼트 회사 두 군데에서도 급히 연락이 왔다.

하지만 현우는 일단 모든 것들을 보류해 놓기로 했다. '아는 언니'의 성공적인 중국 개봉이 먼저였다. 만약 영화가 크게 흥행을 한다면 중국 내 송지유의 주가는 더욱 치솟을 것이었다.

현우도, 중화권 지역 조언자인 로이 황도 이 점을 계속해서 염두하고 있었다.

상념에서 빠져나온 후 현우가 송지유를 쳐다보았다.

"지유야, 팔로워 숫자는 얼마나 늘었어?"

송지유가 스마트폰을 꺼내 들었다. 그리고 SNS를 들어가 보았다.

"3만 명 정도 늘었네요."

"3, 3만 명?"

"네."

송지유는 담담했지만 손태명은 질린 표정을 했다. 숙소에서 자금성까지 그리 먼 거리가 아니었다. 그런데 그 짧은 시간에 3만 명의 팔로워 숫자가 늘어났다. 상해에서부터 지금까지 총 수십만의 중국 팬들이 송지유를 팔로우한 상태였다.

말도 안 되는 숫자였다. 하지만 반대로 생각해 보면 중국이니 가능한 일이기도 했다.

"밍밍 씨."

현우가 노트북을 밍밍에게 보여주었다. 밍밍이 노트북을 들여다보았다.

"네, 대표님. '한국의 국민 여동생 송지유, 중국 전역에서 큰 관심을 받고 있다' 라는 기사네요. 이건 '연애 대열차 출연 송지유 중국 인민 관심 대폭발! 한류 재점화'라는 기사고, 그 아래 기사는 '한류 스타 송지유 열풍! 왕주연의 재림!'이라는 기사인데. 아닌데… 제가 실물을 봤잖아요. 왕주연보다는 지유가 훨씬 예뻐요."

밍밍도 뿌듯한 기색이었다.

"이것도 봐주세요, 밍밍 씨."

"네, 최 팀장님. 'CATV 연애 대열차 245회 다시보기 조회
수가 폭등 중이다', 그리고 옆에 기사는 '한국 스타의 등려군
노래에 중국 전역이 울었다'라는 기사예요. 맞아요. 상해에서
도 그랬지만 저도 정말 감동이었어요. 중국인들에게는 지유
씨가 친숙하고 고마울 거예요. 저도 그러니까요."

밍밍이 송지유를 사랑스러운 눈빛으로 쳐다보았다. 첫인상
은 쌀쌀맞아 보였지만, 밍밍이 만나본 그 어떤 스타들보다도
사려가 깊고 격의가 없었다.

"지유 씨, 찻잔 들고 그대로 있어요. 지금 진짜 아름다워
요."

백소정 기자는 오늘도 열일 중이었다. 자신감도 가득해 보
였다. 중국 대형 포털 사이트에 소소 연예신보의 독점 기사가
당당히 헤드라인에 올랐기 때문이었다. 중국 전역에 소소 연
예신보가 알려지고 있었다.

"삼촌, 내 기사는?"

신지혜가 현우의 팔을 잡고 흔들었다.

"지혜 기사도 찾아볼까?"

현우가 피식 웃으며 말했다. 생방송 말미에 신지혜도 깜짝

출연을 했다. 열심히 연습을 한 중국어로 자기소개도 하고 열심히 영화 홍보도 했다. 중국 연예인들은 물론이고 방청객들도 신지혜를 보며 귀엽다며 난리가 나긴 했다. 그런데 스포트라이트는 송지유에게 집중되어 있었다.

"어, 없는 것 같은데? 여기 지유 기사에 몇 줄 있긴 한 것 같다."

신지혜가 시무룩해졌다. 차를 음미하던 송지유가 찻잔을 내려놓고 신지혜를 물끄러미 쳐다보았다.

"신지혜."

"응."

"서운해하지 마. 세월이 흐르면 자연스레 나보단 너한테 시선이 쏠릴 거니까."

"응."

송지유와 신지혜의 대화를 지켜보며 현우가 생각에 잠겼다. 세상에 영원한 것은 없다. 세월 따라 변하는 게 세상 이치이긴 했지만, 훗날 세월이 흘러 송지유가 정상에서 내려오는 날을 상상해 보았다.

절로 쓴웃음이 나왔다. 그러면서도 송지유가 대견했다. 송지유는 언제든 내려놓을 준비가 되어 있는 것 같았다.

'그럼 나는?'

돌아오기 전에는 실패의 연속인 삶을 살아왔다. 그리고 2년

전 그날로 돌아온 후부터는 27살이라는 나이에 정말 많은 것을 이루어놓았다. 그런데 마음 한구석에는 왠지 모를 공허함이 느껴졌다.

'지유도 나랑 비슷한 감정을 느끼는 걸까?'

현우가 물끄러미 송지유를 쳐다보았다. 그러다 두 사람의 시선이 허공에서 마주쳤다. 송지유가 생긋 웃어 보였다.

"근, 근데 이건 또 뭐죠, 형님?"

때마침 최영진이 정적을 깨며 현우 앞으로 노트북을 내밀었다. 현우와 손태명이 노트북을 들여다보았다.

중국 커뮤니티였는데, 사진 한 장이 덩그러니 올라와 있었고, 그 밑으로 댓글이 빼곡하게 달려 있었다.

"이거 설마?"

"미친."

현우와 손태명이 서로를 보며 어이없어했다. 중국 팬들이 송지유의 사진을 걸어놓고 그 밑으로 절을 하고 있었다.

"대학 입시 붙게 해주세요? 이번에는 꼭 취업 성공하게 해주세요?"

"예?"

최영진이 황당해했다. 중국인인 밍밍도 적잖이 당황한 눈치였다.

"자세히 설명을 해봐요, 밍밍 씨."

현우가 급히 물었다. 밍밍이 정신을 차리고는 입을 열었다.

"그, 그게 지유 씨 사진을 걸어놓고 소원을 비는 게 유행이 된 모양이에요. 처음 글을 올린 중국 팬이 지유 씨가 출연하는 연애 대열차를 보고 짝사랑하는 여자한테 고백을 했는데 성공을 했다고 인증 글을 올렸고, 다른 팬도 인증 글을 올렸던 모양이에요. 그래서 줄줄이……."

어떤 중국 팬은 송지유가 출연한 '연애 대열차'에 절을 하고 뒤로 공을 던졌는데, 그 공이 바구니로 한 번에 들어가 버렸다. 물론 몇 번씩 연출을 한 동영상일 테지만 진담 반, 가벼운 장난 반이 섞인 인증 글이나 동영상들이 빠르게 퍼져가고 있었고, 유행으로 자리 잡았다.

"인간 부적이라 이건가."

손태명이 혼잣말을 중얼거렸다.

지금도 실시간으로 댓글과 함께 송지유의 사진에 절을 하며 소원을 빌고 있는 중국 팬들의 인증이 올라오고 있었다.

21세기 판 미인도 사건에 현우는 입을 다물지 못했다. 기발한 상상력이 판치는 곳이 중국이긴 했지만 설마 이 정도로 상상력이 풍부할지는 미처 몰랐다.

"형님, 저도 지유한테 절해도 될까요? 지유야, 나도 절해도 될까?"

최영진의 장난 섞인 질문에 송지유가 홱 눈을 찌푸렸다.

"차라리 저주해 줄까요? 선영 언니랑 헤어져라, 헤어져라, 차여라, 차여라."

"지, 지유야! 그건 좀."

최영진이 울상을 했다. 송지유가 길게 한숨을 내쉬었다.

"농담이에요, 농담. 선영 언니랑 예쁜 사랑 오래오래 하세요. 됐죠? 그나저나 중국 팬들 진짜 귀엽네요."

송지유도 SNS를 들여다보며 미소를 머금고 있었다.

"지유야, 감사하다고 글 하나 올려줘. 밍밍 씨, 번역 좀 도와줘요."

"네, 그럴게요."

현우와 손태명, 그리고 최영진이 점점 진지해졌다. 생각보다 훨씬 더 중국 팬들이 송지유에게 큰 애정을 보내주고 있었다. 호텔에서도 송지유와 현우 일행을 알아보곤 많은 호텔 직원들이 호의를 베풀어주었다. 그리고 상해에서는 이미 '상해의 별' 혹은 '상해의 딸'이라 불리며 절대적인 지지를 받고 있었다.

"이번 영화 적어도 중국에서는 반응이 아주 좋겠어."

"그럴 것 같다, 현우야."

손태명도 현우의 의견에 동감을 했다. 현우와 손태명이 서로를 보며 안도의 한숨을 내쉬었다.

이로써 커다란 짐 하나는 내려놓은 상태였다.

"좀 이른 감이 없지 않아 있지만 공터 땅 사자, 태명아."

"그래. 그래야지."

손태명이 하하 웃었다.

그때였다. 주문한 음식들과 함께 지배인으로 보이는 중년인이 들이닥쳤다. 그리고 밍밍에게 무언가를 간절하게 부탁했다.

"뭡니까, 밍밍 씨?"

"하아. 사실은… 식당 지배인님이 지유 씨 사진 하나만 찍고 싶다고 하시네요."

"설마?"

"네. 그 설마요."

현우가 슥 송지유를 쳐다보았다. 미처 의사를 묻기도 전에 송지유가 고개를 끄덕여 보였다.

"뭐, 그러죠."

현우도 망설임 없이 대답을 했다.

"한국말로 표현하자면 쿨하시네요?"

"지유를 좋아해 주셔서 그러는 건데 오히려 감사해야죠."

"네. 그럼 그렇게 전하겠습니다."

밍밍이 중국어로 현우와 송지유의 의사를 전했다. 지배인과 직원들이 환하게 웃으며 카메라를 들었다.

송지유가 V 자를 그리고 있었다.

*　　　*　　　*

인천국제공항. 팬들과 기자들이 숨 죽여 현우 일행과 송지유를 기다리고 있었다. 중국 상해에서 벌어졌던 프로모션 행사와 북경에서의 일정들이 한국에서도 생생하게 보도가 된 상태였다.

[자랑스러운 국민 소녀! 송지유! 귀국을 환영합니다!]
[상해의 별? 한국의 별! 송지유!]
[북경대첩! 장하다! 갓 지유!]
[축! 여왕의 귀환!]

SONG ME YOU 팬 카페 회원들을 중심으로 팬들은 한껏 들떠 있는 상태였다. 처음 일부 팬들과 언론사들의 우려와는 다르게 송지유는 상해뿐만 아니라 중국 전역에 센세이션을 일으켰다.

"지, 지유 님이다!"

"송지유다! 여왕이다!"

송지유가 모습을 드러내자 공항 일대가 마비될 정도로 소란스러워졌다. 수호 팀이 앞뒤 좌우에서 송지유를 경호하고 있었다.

현우는 멀찍이 떨어져 전보다 더욱 많이 몰려든 팬들을 눈으로 담고 있었다. 절로 미소가 지어졌다. 중국에서의 성공적인 프로모션 일정은 본진이라고 할 수 있는 한국에서도 큰 효과를 낳고 있었다.

일종의 나비효과라고 할 수 있었다. 중국 프로모션 일정이 국위 선양이라고 평가를 받으며 한국에서 송지유의 주가가 더 올라간 상황이었다.

"신사옥은 최대한 훌륭하게 짓자. 돈 아끼지 말고. 아, 그리고 조만간 법인으로 차 한 대 뽑아줄게, 태명아."

손태명이 하하 웃었다.

"자신감이 점점 붙는 모양이다, 김현우?"

"당연하지. 우리들 눈으로 보고 있잖아. 안 그래?"

"그렇긴 하지."

기자들이 급히 현우를 찾았다.

"금메달 딴 소감이나 밝히러 가봐라, 김현우."

손태명이 현우를 등 떠밀었다. 현우가 고개를 저었다.

"아니, 이번에는 네가 인터뷰해."

"내가?"

"매일 회사에 처박혀서 죽도록 일만 하잖아. 이럴 때 아니면 내가 언제 양보하겠어? 마성의 태명 선배 인터뷰 실력이나 한번 보자."

"태명 선배 출격! 이미지에 맞게 커피 하나 들고 가요."

김은정이 농담을 건넸다. 손태명이 정말로 김은정이 들고 있던 커피를 뺏어 들었다.

"어? 오빠?"

"다녀올게."

손태명이 걸음을 옮겨 기자들 앞으로 섰다. 플래시 세례와 함께 질문들이 쏟아졌다.

5장

아는 언니 I

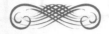

[대륙의 흔한 부적.JPG]

딸깍, 마우스 커서가 닿자마자 송지유의 사진이 덩그러니 나타났다.

"송지유. 진짜 잘나가네? 너희는 이제 어떻게 할 거야?"

"우리 아직 안 죽었거든요?"

유나가 발끈했다. 엘시가 가소롭다는 듯 픽 웃었다.

"행운의 부적이라잖아. 지유가."

"그래도 언니보단 우리가 중국에서 더 인기 많을걸요?"

참고 있던 연희도 발끈해서 볼멘소리를 내뱉었다.

"연희, 너 멘탈 흔들렸죠? 발끈했죠?"

"애들 좀 그만 괴롭혀, 이다연!"

크리스틴이 연습실 문을 열고 들어오며 엘시를 쏘아보았다. 유나와 연희가 서둘러 크리스틴의 등 뒤로 숨어버렸다.

"하아. 저것들 결국은 조수진이라 이거지?"

"시끄럽고, 우리 대표님은 언제 오는 건데?"

"호랑이도 제 말 하면 온다고 오셨네. 조수진, 너 뒤에."

엘시가 연습실 문을 가리켰다. 크리스틴과 유나, 연희가 황급히 뒤를 돌아보았다. 현우가 씩 웃으며 연습실 문에 기대어 있었다.

"언제 오셨어요?"

"방금 왔습니다. 몰래 수진 씨를 따라왔죠, 뭐."

"대표님!"

유나를 시작으로 드림걸즈 멤버들이 현우를 둘러쌌다.

"중국에서 지유랑 살림이라도 차린 줄 알았잖아요."

엘시가 눈을 흘겼다. 농담이었기에 현우는 피식 웃고 말았다.

"서운해요. 우리들도 한창 활동 중이었는데."

유나도 진심으로 서운한 표정을 했다. 현우가 머리를 긁적였다.

"다들 알다시피 상해 프로모션이 생각보다 반응이 좋았어요. 덕분에 뭐 북경까지 다녀온 거죠. 다들 활동 열심히 하느라 고생 많았어요. 오늘 회식이나 하죠."

"예스!"

엘시와 멤버들이 주먹을 불끈 쥐며 좋아했다. 현우는 흐뭇한 얼굴로 드림걸즈 멤버들을 살펴보았다. 솔직히 말하면 드림걸즈의 첫 앨범에 그리 큰 기대를 했던 것은 아니다.

하지만 한국은 지금 드림걸즈 열풍이었다. '비글즈'라는 애칭도 생겼고, 공중파 3사 음악 방송은 물론 케이블 음악 방송에서도 정상의 자리를 굳건히 지키고 있었다. 예능 프로그램에서도 미친 예능감을 발휘하며 시청률 보증 수표로 각광을 받고 있었다.

'이 정도면 투정 부릴 만도 하지.'

현우가 연습실을 둘러보았다. 안무 연습을 했는지 열기가 느껴졌다. 그리고 회의라도 했는지 노트북과 필기도구들이 연습실 바닥에 흐트러져 있었다.

"그건 그렇고 날 급히 찾은 이유가 뭔데, 다연아?"

귀국 전날부터 엘시가 다급하게 현우를 찾았다. 그래서 귀국을 하자마자 곧장 어울림 본사를 찾았다.

"오빠, 아니, 대표님."

엘시가 진지해졌다. 이다연 실장 모드였다. 현우도 분위기를 맞춰주기로 했다.

"그래. 말해봐, 이다연 실장."

"유나야?"

"네! 언니!"

유나가 현우에게 노트북을 내밀었다. 노트북 안으로 기획안이 짤막하게 담겨 있었다. 기획안을 살펴본 현우가 노트북을 다시 유나에게 건넸다.

"가능하겠어? 예능 천재 엘시이긴 하지만. 음……."

엘시야 타고난 아이돌이었다. 어지간한 프로 예능인들보다 훨씬 더 예능감이 좋았다. '강한 심장' 녹화 때도 현우는 엘시의 예능감을 직접 본 적이 있었다. 하지만 문제는 다른 멤버들이었다. 요즘 들어 미친 예능감을 뽐내고는 있었지만, 프로 예능인들은 결코 만만치 않았다.

"리얼 버라이어티 쇼라. 걸 그룹 최초인가?"

엘시와 드림걸즈 멤버들이 보여준 기획안은 SBC 예능국에서 제안한 리얼 버라이어티 쇼였다. 일회성이 아닌 '무모한 형제들' 같은 2시간짜리 정식 예능 프로그램이었다.

매니저 출신답게 현우가 빠르게 드림걸즈의 스케줄을 계산해 보았다. 그러고는 입을 열었다.

"예능 프로는 장난이 아니야. 만약 이 예능 프로그램이 편성되면 해외 활동에 당분간 제약을 많이 받을 수도 있어."

사실이었다. i2i의 경우도 일본에서 활동을 하느라 정신없는 나날을 보내고 있었다. 다행히 한국 쪽 활동은 쉬고 있지만 새 앨범을 내면 한일 양국을 오고가며 활동을 병행해야 했다. 어디 그것뿐인가. 베트남 국적의 하잉이나 중국 국적의 양시시가 존재했기에 동남아시아권이나 중국 쪽에서 러브 콜이 이어지고 있는 상황이었다.

만약 엘시와 드림걸즈가 SBC 측에서 제안한 리얼 버라이어티 쇼에 출연을 하게 된다면 당분간 해외 활동은 제약을 받을 수밖에 없었다.

"해외 활동은 걸즈파워 때 질리게 해봤어요. 큰 미련은 없어요."

엘시가 말했다.

"언니들이랑 예능 프로 찍으면 엄청 재밌을 것 같아요!"

"그건 맞아."

유나와 연희도 엘시를 도왔다. 현우의 시선이 크리스틴에게로 향했다. 어울림에 김현우와 손태명이 있었다면, 드림걸즈에는 엘시와 크리스틴이 있었다.

"수진 씨."

"생각을 많이 해봤는데요. 비글즈라는 별명이 아깝잖아요. 저희 예능 잘할 수 있어요, 대표님. 국내 활동도 열심히 하고 해외 활동도 할 수 있어요."

"음."

예능 선진국이라고 할 수 있는 일본에서는 유명 보이 그룹이 자신들의 이름을 걸고 오랜 기간 동안 토크쇼를 진행해오긴 했다. 고민하던 현우가 결정을 내렸다.

"좋아요. 열심히 해보는 걸로 합시다. 대신 특별 게스트 출연은 한 번뿐입니다. 나 바쁜 사람이에요?"

"아! 눈치 한번 빠르네. 쳇."

엘시가 입맛을 다셨다. 현우가 하하 웃었다.

"내가 이다연 네 속셈을 모를 줄 알아? 한 회는 날 부려먹고, 다음 회는 태명이 혹은 영진이 아니었어?"

"걸렸네. 그래도 초반에 관심을 끌려면 우리 어울림 훈남들이 꼭 출연을 해야 한다니까요? 우리 월드 스타 지유도 게스트로 나오면 좋겠다. 유나랑 요리 대결!"

"뒈."

제시가 침을 뱉는 시늉을 했다. 둘의 요리 실력이 막상막하였기 때문이었다. 제시가 유나의 어깨에 손을 올리며 물었다.

"야, 너는 왜 고기만 구우면 불을 내는 거야?"

"응? 모르겠어요, 언니."

제주도 휴가에서 유나가 고기를 굽다 불을 낸 적이 있었다. 그때의 기억이 나서 현우도 피식 웃어버렸다. 불기둥이 펜션 지붕까지 뚫고 올라갔었다.

"그런데, 우리 월드 스타는 어디에 있어요?"

새삼 엘시가 물었다.

"월드 스타 여기 있어요."

송지유가 선글라스를 살짝 내리며 말했다. 송지유도 현우처럼 연습실 문에 기대어 있었다. 유나가 다다다 송지유에게 안겼다.

"지유야! 자꾸 내가 고기만 구우면 불낸다고 다들 놀려!"

"괜찮아. 그 고기 맛있었어. 기죽지 마."

"웅! 근데 내 선물은?"

"사무실에."

그렇게 말하곤 송지유가 선글라스를 벗었다. 엘시가 다가와 송지유의 팔에 매달렸다.

"집으로 안 간 거야? 피곤하지 않아, 우리 월드 스타?"

"오늘 회식이잖아요. 그런데 월드 스타라는 말, 꼭 놀리는 것 같아요, 언니."

"에이. 내가 어디 그럴 사람이야? 지유야, 있잖아. 우리들이 조만간 예능 프로 하나 하거든? 너 게스트로 나올 수 있지?"

"네. 나갈게요. 대신 하는 거 봐서. 일단 월드 스타부터 금지예요."

"그래. 슈퍼 스타가 싫다는데 그렇게 해야지."

"슈퍼 스타도 금지예요."

"내가 홍길동도 아니고! 아이고, 월드 스타를 월드 스타라 부르지 못하고, 슈퍼 스타를 슈퍼 스타라고 부르지 못하네!"

엘시가 우는 시늉을 했다. 결국 송지유도 포기를 했다. 길게 한숨을 내쉬었다.

"진짜 못 말려."

짝. 현우가 손바닥을 마주쳤다.

"그럼. 간만에 회식이나 할까? 삼겹살에 소주 콜?"

현우가 먼저 연습실을 나섰다.

*   *   *

하루 정도 휴식을 취한 다음 송지유와 신지혜는 막바지 촬영을 위해 부산으로 돌아갔다. 현우는 이틀 정도 더 서울에 머물며 밀려 있던 일들을 결재해야 했다.

현우는 대표실에서 손태명, 김정우와 함께 앞으로의 일들을 의논하고 있었다.

"중국 쪽 프로모션은 성공적이었어. 문제는 미국인데 말이야."

손태명이 입을 열었다. 상해 프로모션은 예상 밖의 대박을 쳤다. 송지유는 '상해의 별'이라는 애칭까지 얻어냈다. 그리고 상해에서의 성공적인 프로모션은 북경 국영방송 진출을 가능하게 해주었고, 21세기 판 미인도 사건이 벌어지며 중국에서의 인기가 치솟고 있었다.

'북경 대첩'이라는 표현이 과하게 느껴지지 않을 정도였다.

현우가 노트북을 들여다보았다. 화류 영화사의 직원 밍밍이 보내준 메일이 노트북 화면에 떠올라 있었고, 송지유의 전신이 담긴 '아는 언니'의 포스터 사진이 보였다.

이렇듯 중국 쪽 배급사인 화류 영화사 측에서도 송지유라는 존재를 적극 이용해 '아는 언니'를 최대한 홍보하고 있었다.

하지만 문제는 미국이었다. 세계 영화의 본고장이라고 할 수 있는 할리우드. 수많은 아시아의 명감독들과 명배우들이 문을 두드렸지만 성공적으로 안착한 경우는 거의 없었다. 늘 비주류에 머물러야 하는 게 현실이었다.

"할리우드는 큰 기대는 하지 않는 게 좋을 것 같습니다. 미국 개봉에 의의를 두는 건 어떨까요?"

김정우가 의견을 피력했다. 현우와 손태명도 고개를 끄덕였다. 다행인 것은 한국과 중국에서 먼저 개봉을 하고 그 후에 미국 쪽에서 개봉을 한다는 사실이었다.

한국은 세계 영화 시장의 트렌드를 가장 확실하게 파악할 수 있는 수준 높은 시장이었고, 중국은 세계 제일의 소비 시장이었다. '아는 언니'가 양국에서 흥행을 한다면 미국 쪽에서도 소정의 결과를 기대할 수 있을 것이라는 판단이 들었다.

"결국 할리우드에 발을 들여놓으려면 미국 현지 영화에 현지 배역으로 출연을 시키는 수밖에 없어. 차이나 머니도 한계가 있다고."

현우의 말에 손태명이 눈을 찌푸렸다.

"너, 설마 지유… 할리우드 진출까지 시킬 생각이야?"

"아직은 계획 없어. 지유는 노래를 부를 때가 제일 빛나니까. 하지만 불가능한 일은 아니지. 우리도 샤인 그 녀석처럼 월드 스타 한번 만들어보자. 샤인도 지유 정도면 충분히 할리우드에서 먹힌다고 말을 한 적이 있어. 그리고 월드 스타 친구 둬서 뭐 할 거야? 이럴 때 써먹어야지."

"그 녀석, 미국 할리우드 이야기만 하면 거품 물잖아. 더럽게 힘들었다고 하던데?"

"지유는 달라."

"하아. 그놈의 '지유는 달라'… 너는 진짜 중병이야. 송지유 교가 생기면 교주는 네가 해."

현우와 손태명이 티격태격했다. 김정우가 두 친구를 보며 그저 웃기만 했다.

"일단은 영화 개봉이 먼저다, 현우야."

"그건 맞아. 그나저나 이제 개봉도 얼마 남지 않았구나."

현우가 숨을 길게 내쉬었다.

'그그홈' 때는 솔직히 무모했다. 일단 하고 보자라는 생각이 강했다. 그런데 이번 '아는 언니'는 '그그흔'때와는 달랐다. 30억이라는 거금을 투자하기도 했고, 한국을 넘어 중화권, 미국에서까지 개봉을 앞두고 있었다.

무엇보다 그때의 어울림과 지금의 어울림이 달라져 있었다. '국민 기획사'라는 칭호가 이럴 때만큼은 정말 부담스러웠다. 연예계는 물론 영화계 쪽에서도 은근히 이번 영화가 망하기를 바라고 있었다.

"잘되겠죠?"

"잘될 겁니다."

김정우가 현우의 질문에 확신을 더해주었다.

*　　　*　　　*

막바지 촬영이 끝나고 '아는 언니'는 후반기 작업을 거쳐 드디어 개봉을 앞두고 있었다. 국민 기획사 어울림과 국민 소녀 송지유가 대놓고 스타 마케팅을 펼쳤던 만큼 '아는 언니'에 대한 국내 관심은 매우 뜨거웠다.

[말 많고 탈 많았던 '아는 언니' 드디어 내일 한중 동시 개봉!]

[천만 배우 송지유, 단독 주연 영화 '아는 언니' 통해 진정한

시험대에 오르다!]

　[할리우드 거장 장삼우 감독과 국민 소녀 송지유와의 만남.
과연 그 엔딩은?]

　포털 사이트로 기사들이 넘쳐났다.

　스마트폰을 들여다보던 현우가 슥 고개를 돌려 송지유를
쳐다보았다. 시사회에 참석하기 위해 송지유는 한껏 꾸민 상
태였다. 빨간색 립에 블랙 드레스가 정말 잘 어울렸다. 그 옆
에는 똑같이 옷을 맞춰 입은 신지혜도 보였다.

　"지유야, 그동안 고생 많았다. 지혜도 고생 많았고."

　송지유는 최대한 티를 내지 않고 있었지만 신지혜와 더불
어 긴장한 기색이 역력했다. 그럴 만도 했다. 작년 가을부터
피나는 노력으로 촬영에 임했던 그런 영화였다. 송지유는 가
녀린 체구로 고도의 액션 연기까지 펼쳐야 했다.

　"다 와갑니다, 형님."

　최영진이 주변을 살피며 말했다.

　'아는 언니'는 압구정 CVG 상영관에서 대대적인 시사회를
앞두고 있었다. 김미영 팀장의 주도 아래 이번 시사회는 그 규
모가 엄청났다.

　벌써 송지유의 많은 팬이 시사회 현장을 뒤덮은 상태였
다. 한국 팬들을 중심으로 중국에서까지 찾아온 팬도 다수

보였다.

끼이익. 초록색 밴이 세워지고 블랙 슈트 차림의 현우와, 어깨를 훤히 드러낸 블랙 드레스 차림의 송지유가 동시에 모습을 드러내었다. 그 뒤를 최영진과 신지혜가 따랐다.

와아아! 환호가 쏟아졌다. 압구정 CVG 입구로 레드 카펫이 펼쳐졌다. CV E&M의 김미영 팀장이 연출한 일종의 쇼였다.

많은 이목이 쏠린 만큼, 오늘 시사회에서 어떤 반응이 나오는가에 따라 흥행의 여부가 걸려 있었다.

"가자, 지유야."

"네."

송지유가 현우의 팔짱을 꼈다. 그리고 천천히 레드 카펫을 밟았다. 한중 양국의 기자들이 일제히 플래시 세례를 쏟아냈다.

현우는 천천히 상영관 실내를 둘러보았다. CVG 압구정 지점은 온통 '아는 언니'의 다양한 포스터로 도배가 되어 있었다. 상해를 비롯해 중국에서 품귀 현상을 일으키고 있다는 송지유 입간판도 곳곳에 세워졌다.

'나쁘지 않아. 이 정도면 충분해.'

'그그혼'때보다는 확실히 홍보와 마케팅적으로 보았을 때

스케일이 작아진 건 사실이었다.

CV E&M이 다음 주에 개봉하는 '신의 노래'에 조금 더 많은 비중을 두고 있기 때문이었다. 당연했다. '아는 언니'와 다르게 '신의 노래'는 CV E&M에서 전면 제작, 투자를 한 영화였다.

믿을 건 현우와 어울림 측에서 시도한 송지유표 '스타 마케팅'이 전부였다. 다행히도 온라인상의 반응은 아주 뜨거웠다. 문제는 그 열기가 오프라인까지 이어지냐는 것이었다.

"대표님!"

"아, 팀장님."

생각에 잠겨 있던 현우가 한껏 꾸민 김미영 팀장을 반겼다.

'신의 노래'에 밀려 2순위 영화로 전락한 '아는 언니'였지만 김미영 팀장과 팀원들은 CVG 압구정 지점을 화려한 시사회장으로 꾸며주었다. 자신들이 할 수 있는 최대한의 일을 한 것이다.

"시사회장은 마음에 드시나요?"

"네. 충분합니다. 팀장님도 고생 많으셨습니다."

"뭘요. 근데… 지유 씨랑 지혜는요?"

현우가 몸을 돌려 복도 끝 VIP 대기실을 가리켰다.

"대기실에서 마저 준비를 하고 있을 겁니다. 시사회까지는 20분 남았으니까요. 그나저나 소감은 어때요?"

"당연히 떨리죠… 이렇게 큰 프로젝트는 저랑 우리 팀원들도 처음이거든요. 그래도 큰 걱정은 하지 않고 있어요. 상해 프로모션이 워낙에 성과가 좋았잖아요? 시사회 끝나고 바로 상해로 출국하시는 거죠?"

"네, 그럴 겁니다. 중국 팬들이 목이 빠져라 지유를 기다리고 있으니까요."

현우가 씩 웃으며 대답했다.

한국에서의 첫 VIP 겸 일반인 시사회가 끝나면 곧장 상해로 날아가야 했다. 화류 영화사 측에서 대대적인 프로모션을 또 준비해 놓은 상황이었다.

사실상 '아는 언니' 사단은 중국과 중화권의 흥행에 총력을 쏟고 있는 상황이었다. 물론 그렇다고 한국 시장을 소홀히 하는 것은 절대 아니었다. 하지만 '신의 노래'라는 강력한 적수가 변수였다.

"신의 노래가 개봉하기 전에 확실히 입소문을 타야 할 텐데 말입니다."

"잘될 거예요, 대표님."

"그래야죠."

현우와 김미영 팀장이 대화를 나누는 사이 상영관 입구 근처로 펜스와 함께 포토 존이 설치되었다. 그리고 CV 쪽 행사 요원들의 안내를 따라 하나둘 팬들이 자리를 잡기 시작했다.

"김현우 대표님이다!"

"대표님! 영화 대박 날 거예요! 파이팅!"

팬들이 현우를 향해 손을 흔들어대며 소리쳤다. 현우도 미소를 머금으며 팬들에게 일일이 손을 흔들어주었다.

현우가 시계를 확인했다. 이제 10분 후면 VIP들이 시사회장의 포토 존에 설 것이다. 그리고 그 대미를 송지유가 장식해야 했다.

"저도 준비 좀 하겠습니다. 메이크업은 영 제 체질이 아니긴 하지만요."

"네, 그러세요."

현우가 대기실로 발걸음을 옮겼다.

*　　　　*　　　　*

"샤, 샤인이다!"

"월드 스타 샤인이다!"

시사회의 첫 단추를 끊은 VIP는 현우의 절친 월드 스타 샤인이었다. 턱시도를 차려 입은 샤인이 포토 존에 서서 가볍게 손을 흔들었다.

기자들이 질문을 쏟아냈다.

"오랜만의 공식 활동으로 아는 언니의 시사회장을 찾은 이유가 있다면요?"

"현우, 아니, 김현우 대표랑 친분이 있다는 건 다들 아실 겁니다. 친구도 볼 겸, 그리고 아끼는 후배들도 볼 겸해서 시사회장을 찾았습니다."

샤인이 현우와 어울림 가족들을 거론하자 팬들이 꺅! 꺅! 비명들을 질러댔다.

"아는 언니가 어느 정도 흥행을 할 거라고 보십니까?"

"으음… 아직 영화를 보지 않아서 섣부른 평가는 할 수 없습니다만, 김현우 대표와 지유 후배님은 완벽 주의자입니다. 그리고 장삼우 감독님도 할리우드에서 이름을 떨치시는 분이죠. 좋은 결과가 있을 거라고 믿습니다."

"그럼 할리우드 쪽 흥행은 어떻게 될 거라고 보십니까?"

여유롭던 샤인이 진지한 얼굴을 했다.

그 역시 중화권 쪽 자본을 배경으로 할리우드에 진출한 경험이 있기 때문이었다. 샤인이라는 이름을 알리는 것에는 성공했지만, 영화의 흥행 성적은 그다지 좋지 못했다. 한국과 중화권에서의 흥행 성적도 그저 그랬다.

그렇기 때문에 반쪽뿐인 성공이라는 냉정한 평가를 받기는 했지만, 어쨌든 샤인은 월드 스타로 올라선 선 경험자이기도 했다.

"지금 중요한 건 할리우드 쪽 성적표가 아닙니다. 중요한 건 한국과 중국 시장이죠. 한국과 중국 쪽에서 반응이 나쁘지 않다면 가능성은 충분하다고 생각합니다. 할리우드라는 곳은 모든 배우들이 동경하는 곳이긴 하지만 절대 쉬운 곳이 아닙니다. 지유 후배님이 김현우 대표와 함께 차례차례 단계를 밟는다면 할리우드 진출도 아주 불가능한 일은 아닐 겁니다. 그리고 한 가지 더, 조급함을 가져서는 안 됩니다. 우리들도 차분하게 여유로운 마음을 가지고 응원을 한다면 언젠가는 지유 후배님이 제가 이루지 못했던 많은 것들을 해낼 거라 믿습니다."

평소 바람둥이 이미지와 다르게 샤인이 카리스마를 뿜어냈다. 시사회장에 모인 팬들이 짝짝짝, 박수를 쳤다.

"오늘은 영 다르네요. 따로 지령이라도 내렸어요, 오빠?"

김은정이 송지유의 얼굴을 매만지며 물었다. 현우가 고개를 저었다.

"아니, 녀석이 그동안 할 말이 많았던 거지. 어쨌든 고맙네."

팬들은 진정한 의미로 샤인을 월드 스타라 불렀고, 일부 꼬인 대중들은 조롱의 의미로 그를 월드 스타라고 부르고 있었다. 샤인도 이 점을 잘 알고 있었고, 오늘 작심 발언을 한 셈이었다.

샤인 다음으로는 현우의 절친 중 한 명인 배우 송민혁이 김성민 감독과 함께 포토 존에 섰다. '그그혼'을 함께했던 여배우 진세영도 홀로 모습을 드러내었다

뒤이어 포토 존으로 끊임없이 국내 스타들이 들어섰다. 초청을 받은 VIP들은 정해져 있었지만 확실히 국민 기획사 어울림과 국민 소녀 송지유의 이름값은 대단했다. 언론과 대중들의 관심이 집중된 만큼, 얼굴을 알리기 위해 정말 많은 유명 인사들이 포토 존 앞에 섰다.

와아아! 갑자기 상영관 한쪽에서 함성이 터져 나왔다.

"왔구나."

현우가 씩 웃었다.

기자들이 홍해처럼 갈라졌다. 손태명과 김정우를 선두로 어울림 가족들이 총출동을 한 상태였다. i2i도 오늘 시사회를 위해 일본에서 급히 귀국까지 했다.

자선 콘서트 이후로 어울림 가족들을 같은 장소에서 보는 것은 처음이었다. 기자들은 물론이고 팬들도 미친 듯이 사진들을 찍어댔다.

말끔한 턱시도 차림의 손태명과 김정우가 먼저 포토 존으로 섰다. 뒤이어 신현우, 서유희, 드림걸즈. i2i 멤버들 그리고 어울림 직원들 순서로 뒤이어 섰다.

"오랜만입니다, 가수 신현우입니다. 지유, 그리고 우리 딸내미 지혜 영화 많이 사랑해 주십시오."

묵직한 중저음과 조각 같은 얼굴이 빛을 발했다. 여성 팬들이 계속해서 비명을 질러댔다.

"서유희입니다. 우리 지유 영화 많이 사랑해 주세요."

서유희가 여배우 포스를 뿜어냈다. 뒤이어 리더인 엘시를 시작으로 드림걸즈 멤버들이 하나둘 소감을 밝혔다.

와아아! 오랜만에 국내 석상에 모습을 드러낸 i2i를 향해 팬들의 응원이 쏟아졌다. 리더인 유은이 이솔에게 마이크를 양보했다.

"이솔입니다. 우리 지유 선배님 영화 재밌어요! 제가 보증하겠습니다. 꼭 봐주세요!"

"하나. 둘. 셋!"

"우유빛깔! 송지유!"

엘시의 구호에 맞춰 드림걸즈와 i2i 선후배들이 입을 모아 송지유를 응원했다. 그리고 손태명에게로 시선들이 집중되었다.

"어울림 엔터테인먼트의 손태명 실장입니다."

여성 팬들의 열렬한 응원들이 쏟아졌다. 손태명이 안경을 고쳐 쓰며 입을 열었다.

"이번 영화는 지유가 정말 죽을힘을 다해서 촬영에 임했던 그런 영화입니다. 김현우 대표도 곁에서 정말 고생이 많았습니다. 현장 체질이긴 하지만 이번만큼은 체력적으로, 정신적으로 힘들어하더군요. 지유야, 그리고 김현우, 그동안 고생 많았다."

느닷없이 '김현우!'와 '손태명!'이 연호되기 시작했다. 손태명이 당황해하며 얼굴을 붉혔다.

그리고 이제 대미를 장식할 차례였다. CV E&M 쪽 진행 요원들이 신호를 보냈다. 송지유가 현우의 팔에 팔짱을 꼈다. 그리고 신지혜도 현우의 손을 꼭 잡았다.

와아아! 현우와 함께 '아는 언니'의 두 주연배우, 송지유와 신지혜가 등장하자 일제히 함성이 터졌다.

턱시도 차림의 현우도 존재감을 드러냈지만, 송지유의 미모가 빛을 발했다. 꼭 어렸을 적 송지유를 보는 것 같은 신지혜에게도 이목이 집중되었다.

포토 존으로 올라서자 한동안 플래시 세례가 쏟아졌다.

"이쪽도 좀 봐주시죠!"

"지유 씨! 조금만 더 웃어주세요!"

기자들의 포즈 요구가 쏟아졌지만 현우와 송지유, 신지혜는 일일이 응대를 해주었다. 그리고 한참이나 시간이 흘러서야 현우가 마이크를 손에 쥘 수 있었다.

"어울림 엔터테인먼트 대표 김현우입니다."

함성이 쏟아졌다. 현우가 손을 들어 장내를 진정시켰다.

"처음 지유가 '그그혼'을 찍는다고 했을 때는 솔직히 아무 생각이 없었습니다. 그저 영화는 영화일 뿐이었죠. 하지만 오늘만큼은 감회가 새롭습니다. 지유도, 저희 어울림도 큰 도전을 앞두고 있기 때문입니다. 국내 팬 여러분들의 성원이 없었다면 많은 우여곡절을 헤쳐 나갈 수 없었을 겁니다. 이번 영화는 팬 여러분들과 영화를 좋아하시는 모든 분들을 위한 영화입니다. 부디 즐겨주시길 바라겠습니다."

박수가 쏟아졌다. 현우는 마음이 후련했다. 여배우 단독 주연에, 장르도 느와르라는 비주류 장르였다. 여러모로 도전 정신이 가득 깃든 그런 영화였다. 하지만 현우의 말은 진실이었다.

비슷비슷한 영화가 판치는 한국 영화 시장에서 '아는 언니'야 말로 영화 팬들을 위한 영화라고 할 수 있었다.

뒤이어 송지유가 마이크를 들자 상영관이 떠나가라 함성이 울려 퍼졌다. 송지유가 살짝 미소를 머금은 채로 입을 열었다.

"안녕하세요? 송지유입니다. 우리 영화를 보러 정말 많은 분들이 와주셨어요. 고개 숙여 감사드립니다."

송지유가 꾸벅 고개를 숙였다.

"제가 하고 싶은 말은 대표님이 대부분 다 한 것 같아요. 배우로서, 또 한 사람으로서 이번 영화는 저한테 큰 도전이었던 것 같아요. 사람을 때리고 피하는 법, 또 총을 쏘는 법까지 이제껏 살면서 경험해 보지 못했던 많은 것들을 경험해 보고 도전해 볼 수 있었어요. 하지만 영화를 찍으면서 가장 힘들었던 건 편견이었습니다. 여배우 단독 주연으로도 또 비주류 장르로도 좋은 영화를 만들어낼 수 있다는 걸 보여주고 싶어요. 흥행 결과에는 연연하지 않을 거예요. 다만 영화 팬 여러분들이 만족하신다면 저는 그걸로 만족할 수 있을 것 같습니다. 감사합니다. 시사회, 재밌게 즐겨주세요."

와아아! 송지유의 단아하고 담백한 소감에 박수가 쏟아졌다. 그리고 마지막으로 신지혜가 마이크를 쥐었다.

기자들은 물론 팬들도 애정이 넘치는 시선을 보내어왔다. 신지혜 입장에서는 첫 공식 석상이었다.

"지유 언니랑 영화를 찍으면서 힘들긴 했지만 연기자로서 좋은 경험을 했던 것 같습니다."

여기저기서 웃음이 터졌다. 12살짜리 아역 배우의 소감치곤 너무 어른스러웠다. 신지혜가 살짝 볼을 부풀렸다.

"저… 지금 진지한데."

기자들과 팬들이 신지혜를 보며 귀여워 어쩔 줄을 몰라 했다.

"우리 영화 정말 재밌거든요? 저는 초등학생이라 거짓말 안 하는 거 아시죠? 꼭 영화관으로 보러 와주세요. 감사합니다!"

신지혜의 말에 여기저기서 참던 웃음들이 터졌다.

마지막으로 어울림 가족들이 단체로 사진을 찍었다. 시사회장으로 들어서기 전 기자 한 명이 마지막 질문을 던졌다.

"김현우 대표님! 얼마 전 예능 프로그램에서 공약을 걸었다고 들었습니다. 그 공약 지키실 겁니까?"

"당연하죠. 만약 국내에서 천만 관객을 넘긴다면 약속대로 벚꽃 시즌에 맞춰 한강 시민 공원에서 어울림 가족 콘서트를 열겠습니다. 물론 입장료는 무료입니다."

와아아! 시사회장에 모여 있던 팬들이 현우의 이름을 연호하기 시작했다. 손태명이 황당한 얼굴로 현우를 노려보기 시작했다.

"미쳤냐? 전부 무료? 너 우리 아티스트들 몸값이 얼만 줄은 알아?"

"설마 천만 넘겠냐고. 워워, 태명아. 사진 찍힐라. 그만 좀 노려봐."

현우가 손태명의 팔을 잡아끌고 넉살 좋게 상영관으로 몸을 돌렸다.

송지유와 신지혜를 따라 어울림 가족들, 그리고 VIP들이 먼저 상영관 안에 들어섰다. 그리고 진행 요원들의 안내를 따라 팬들도 상영관으로 입장을 시작했다.

* * *

착석이 모두 완료되고, 현우가 고개를 돌려 객석을 살펴보왔다. 긴장감과 더불어 묘한 기대감이 뒤섞인 상영관은 고요했다.

현우가 송지유를 쳐다보았다. 손이라도 잡아주고 싶었지만 보는 눈이 많았다. 대신 현우는 나지막하게 입을 열었다.

"많이 긴장되지?"

"조금요."

"걱정할 것 없어. 시사회 끝나면 바로 상해로 가야 하니까 피곤하면 중간에 잠깐 눈 좀 붙이고."

"괜찮아요, 오빠."

송지유가 피로감과 긴장감을 뒤로 하고 애써 웃어 보였다.

그사이 모든 조명이 일시에 꺼졌다. 상영관이 짙은 어둠으로 물들었다. 거대한 스크린이 서서히 빛을 발하기 시작했다.

'아는 언니'가 대중들 앞에 처음으로 공개되는 순간이었다.

*   *   *

또각또각.

어둠으로 물든 구룡성채의 뒷골목에 구두 소리가 나지막하게 울려 퍼졌다. 구두 소리는 뒷골목의 끝에 위치한 불법 건축물 앞에서 잦아들었다.

기다란 복도엔 불법으로 개조된 방이 수없이 이어져 있었다. 또각또각. 다시 구두 소리가 정적을 일깨웠다. 복도로 새어 들어오는 달빛 아래 검은색 구두가 멈추어 섰다.

묘령의 여인이 가만히 서서 고개를 돌렸다. 그녀의 시선이 301호라고 적힌 문 앞에서 멈추었다.

"……."

그리고 기다렸다는 듯 문 쪽에서 인기척이 느껴졌다가 이내 사라졌다. 묘령의 여인이 다시 고개를 정면으로 돌렸다.

시사회장에 모인 관객 중 일부가 가슴이 턱 막히는 것 같은 느낌을 받았다. 텅 빈 눈동자 속 공허함이 진하게 느껴졌기 때문이었다.

묘령의 여인이 바로 옆 302호의 문을 열쇠로 열었다.

끼이익, 낡은 쇳소리와 함께 문이 열렸다. 묘령의 여인이 무심한 눈동자로 방 안을 들여다보았다. 작은 스탠드 하나뿐인 방 안에는 옷 몇 가지, 그리고 작은 박스 몇 개가 전부였다.

탁. 방으로 들어온 여인이 등에 메고 있던 커다란 악기 케이스를 벽에 기대어 놓았다. 그리고 마찬가지로 벽에 몸을 기대어 앉았다.

똑똑. 누군가 벽을 두드렸다.

"언니, 왔어요? 오늘은 왜 이렇게 늦었어요?"

"……."

벽 너머에서 어린 소녀의 목소리가 들려왔지만 여인은 묵묵

부담이었다.

"있잖아요. 내일 아빠랑 엄마가 오기로 약속한 날이에요. 전 내일 여길 나갈 거예요. 그동안 이야기를 들어줘서 고마웠어요. 언니는 가족이 없어요? 왜 여기서 혼자 살아요? 아, 나 언니가 일하는 가게 어딘지 알아요. 아까 저녁에 나 봤죠? 언니는 너무 예쁜 것 같아요. 노래도 잘하고… 나중에 아빠랑 엄마랑 꼭 놀러올게요. 알았죠?"

"……."

"언니."

"……."

"언니는 이름이 뭐예요? 저는 선우정아예요. 한국에서 왔어요. 우리 아빠는 경찰이래요. 엄마도요."

"네 언니 아니야."

벽 너머 들려오는 목소리에 여인이 얼굴을 찌푸렸다. 그리고 주먹을 쥐고는 몇 차례 벽을 두드렸다.

벽 너머로 잠시 말이 없었다. 그러다 다시 목소리가 들려왔다.

"네. 알아요. 나 너무 말이 많죠? 그런데 언니밖에 친구가 없어서 그래요… 미안해요. 어차피 언니는 한국말 못 알아듣잖아요. 그래서 그랬어요. 이제 말 안 걸게요. 귀찮게 해서 미안해요. 그런데 언니가 없는 것 같이 느껴지면 무서워서 잠을 못 자겠어요."

목소리에서 물기가 느껴졌다.

"내일 난 한국으로 가요. 가기 전에 언니 이름을 알 수 있다면 좋을 텐데… 그럼 다시는 귀찮게 하지도 않을 텐데……."

선우정아가 무릎에 얼굴을 묻었다. 그리고 조용히 흐느꼈다. 한참을 흐느끼던 선우정아가 고개를 들었다. 그리고 좁디좁은 방 안을 둘러보았다.

이곳에 숨어 지낸 지도 한 달이 훌쩍 넘어 있었다. 데리러 오겠다던 아빠와 엄마는 한 달 넘게 연락 두절 상태였다. 작은 소녀에게 남은 마지막 희망은 내일 데리러 오겠다는 부모의 약속뿐이었다.

창틈으로 새어 들어오는 달빛이 선우정아와 정체불명의 여인이 기거하는 방을 비추고 있었다.

정체불명의 여인과 선우정아가 벽 하나를 사이에 두고 두 눈을 감았다. 이제 완연한 어둠이 사방을 잠식해 나갔다.

"언니, 밥 먹었어요? 샌드위치 봤어요? 나 혼자 먹기에는 양이 많았어요. 그래서 언니가 먹었으면 좋겠어요. 사실 오늘 산 샌드위치가 마지막 샌드위치예요. 돈이 다 떨어졌거든요. 한국에서는 2천 원밖에 안 하거든요? 그런데 여기는 너무 비싸요. 그래도 걱정은 안 해요. 내일이면 아빠랑 엄마가 오니까요."

"……."

"먹었어요? 혹시 그동안 내가 가져다준 거 한 번도 안 먹은 건 아니죠? 언니는 너무 말랐어요. 그래서 걱정돼요."

정체불명의 여인이 천천히 눈을 떴다. 악기 케이스 옆으로 반 조각뿐인 샌드위치가 비닐에 쌓여 있었다. 근처에도 텅 빈 비닐들이 차곡차곡 쌓여 있었다.

하지만 선우정아가 이를 알 리 없었다. 선우정아가 벽에 얼굴을 가져다 대었다. 그리고 조용히 속삭였다.

"엄마가 그러는데, 음식은 절대 남기는 거 아니랬어요. 특히 누군가 호의로 주는 음식은 더더욱요. 언니가 다 먹었으면 좋겠어요."

쿵. 쿵. 정체불명의 여인이 무심히 벽을 두들겼다. 선우정아가 황급히 벽에서 얼굴을 떼었다. 매일 밤 이름 모를 언니와의 대화는 늘 여기까지가 한계선이었다. 확실한 건 아니었지만 선우정아는 그렇게 느꼈다.

"이제 잘게요. 오늘도 함께 있어줘서 고마워요, 언니."

선우정아가 슥 눈물을 훔쳤다. 일부 관객이 안타까움에 탄식을 터뜨렸다.

"잘 자요, 좋은 언니."

조금씩 눈꺼풀이 무거워졌다. 그렇게 선우정아가 잠에 빠져들었다. 시간이 얼마나 흘렀을까. 새벽 어스름이 방 안을 휘

감았다.

똑똑. 문을 두드리는 소리에 선우정아가 반사적으로 눈을 떴다. 똑똑. 작은 소리였지만 분명 누군가가 문을 두드리고 있었다. 선우정아의 눈동자가 커졌다.

"딸, 이 소리를 꼭 기억해 놓으렴. 아빠랑 엄마가 보내는 신호니까. 알았지?"

선우정아가 조용히 귀를 기울였다. 엄마가 가르쳐 준 그 박자대로 문을 두드리는 소리가 들려왔다.

"아, 아빠? 엄마?!"

선우정아가 급히 자물쇠를 열고 문을 열었다. 그 순간 검은색 슈트 차림의 사내들이 들이닥쳤다.

알 수 없는 중국어와 광둥어가 뒤섞여 들려왔다. 선우정아가 뒤로 넘어갔다. 대마초 하나를 입에 문 애꾸눈 사내가 무릎을 굽혔다.

"네가 선우정아구나? 맞지?"

"네, 네? 저 아, 아니에요."

"맞잖아. 여기 가족사진 속에 딱 네가 들어가 있는데, 뭘."

애꾸눈 사내가 이죽거렸다. 사진 위엔 검붉은 피가 덕지덕지 얼룩져 있었다.

"꼬마한테 보여줘."

사내의 말에 검은 사내 한 명이 방바닥으로 무언가를 던졌다. 툭. 툭. 선우정의 눈동자가 급격하게 커졌다. 그리고 비명을 지르려는 찰나 애꾸눈 사내가 선우정아의 입을 틀어막았다.

"워워. 다들 자는데 소음은 좀 민폐지 않나? 쥐새끼 같았던 네 부모처럼 말이야."

선우정아의 눈동자에서 눈물이 주르륵 흘렀다. 방바닥을 나뒹굴고 있는 건 결혼반지를 낀 아빠, 엄마의 넷째 손가락이었다. 시퍼런 색으로 물든 손가락 끝엔 피딱지가 굳어 있었다.

"손가락 자르고 처리해."

"어린 아이를요? 차라리 팔아버리죠. 값도 꽤 나갈 것 같은데."

"닥쳐, 새끼야. 경찰 놈년들 자식새끼야. 그냥 처리해. 아악!"

애꾸눈 사내가 비명을 질렀다. 선우정아가 있는 힘껏 손을 물어버린 것이었다. 선우정아가 서둘러 사내의 바지춤에서 총을 뺏어 들었다.

애꾸눈 사내가 손을 털며 일어났다. 그리고 가만히 두 손을 들었다.

"우, 우리 아빠랑 엄마는요!"

선우정아가 눈물을 흘리며 물었다. 애꾸눈 사내가 바닥에 널브러져 있던 손가락들을 가리켰다.

"보시다시피, 꼬마야."

"거, 거짓말! 우리 아빠, 엄마 안 죽었어! 거짓말!"

총을 쥔 두 손이 덜덜 떨렸다. 애꾸눈 사내가 가만히 두 손을 내렸다.

"쏘려고? 이것 봐라. 근데 꼬마 너, 안전장치는 풀 줄 아나?"

선우정아가 당황해했다. 그리고 이를 놓치지 않고 애꾸눈 사내가 선우정의 복부를 발로 걷어찼다. 비명과 함께 선우정아가 벽에 부딪히며 쓰러졌다.

"아빠, 엄마 왜 죽였어! 왜 죽였어! 돌려내! 다 돌려내!"

선우정아가 마구 울부짖었다. 애꾸눈 사내는 대답이 없었다. 대신 다른 사내들을 향해 입을 열었다.

"조용히 목 따서 처리해. 괜히 총소리 내지 말고."

그렇게 말하며 애꾸눈 사내가 먼저 방을 나섰다. 탕! 탕! 총소리가 복도를 울렸다.

"이 새끼들아! 총소리 내지 말라니까?"

거칠게 몸을 돌린 애꾸눈 사내가 눈을 부릅떴다. 이마 정중앙에 구멍이 뚫린 채로 함께 왔던 사내 두 명이 널브러져 있었다.

"으, 으악! 형, 형님!"

"뭐야?!"

비명과 함께 301호 안에서 팔이 기괴하게 꺾인 채로 부하 한 명이 모습을 드러내었다. 그 뒤로는 이제 겨우 20대 초반으로 보이는 여자 한 명이 보였다.

"넌 뭐야? 뭐냐고!"

"형님! 형님!"

"조용히 해! 새끼야! 네가 지금 우리 애들 죽인 거냐? 그런 거야?"

"……."

여자가 고개를 딱 한 번 끄덕였다. 애꾸눈 사내가 픽 웃었다.

"야, 이 미친년아. 우리가 누군지 알아?"

"……."

여자가 고개를 저었다. 애꾸눈 사내는 기가 막혔다. 홍콩 범죄 조직의 우두머리인 삼합회의 조직원을 두 명이나 죽였다. 물론 조무래기들이었지만 보통 담력으로는 불가능한 일이었다.

"총 내려놔. 뒤지기 싫으면."

"……."

여자가 대번에 총을 내렸다. 그러자 애꾸눈 사내가 회심의 미소와 함께 바지춤에서 총을 꺼내 들었다.

"으악!"

그리고 그 순간 잡혀 있던 남자의 왼쪽 다리가 기괴하게 꺾이며 부러졌다. 남자가 이지를 상실하자 정제불명의 여인이 애꾸눈 사내를 향해 나아갔다.

탕! 탕! 탕! 애꾸눈 사내의 총구가 불을 뿜었다.

"으아악!"

살과 피가 튀며 인질로 잡혔던 남자가 난도질을 당했다. 바로 코앞까지 다가온 절체불명의 여인이 총구를 들고 애꾸눈 사내의 이마로 가져다댔다.

"너, 너, 누구야?"

애꾸눈 사내가 물었지만 소용이 없었다. 탕! 퍽! 머리가 터지며 애꾸눈 사내가 쿵! 뒤로 넘어갔다.

"사, 살려!"

으드득! 총알받이 역할을 하던 남자의 목이 꺾이며 축 늘어졌다. 털썩. 남자를 바닥으로 버리고는 정체불명의 여인이 얼굴에 묻은 피를 슥 닦았다.

또각또각. 피로 물든 복도를 지나쳐 여인이 301호를 들여다보았다. 잘린 손가락을 품에 안은 채로 선우정아가 정신없이 흐느끼고 있었다.

"……."

여인이 301호를 지나쳐 302호로 들어갔다. 그리고 태연하게 짐을 챙기기 시작했다. 끼이익. 어느 순간 302호의 문이 열렸다. 여인의 고개가 문 쪽으로 향했다.

"나도 같이 갈래요. 같이 가게 해줘요."

선우정아의 목소리가 덜덜 떨리고 있었다.

"……."

여인은 여전히 그 어떠한 말도, 표정도 없었다. 묵묵히 짐을 챙길 뿐이었다. 결국 선우정아가 여인에게로 달려들어 팔을 잡고 흔들었다.

"나, 나도 같이 갈래요. 같이 가게 해줘요!"

"……."

여인이 고개를 들어 선우정아를 응시했다. 핏자국이 묻은 창백한 표정이 섬뜩하게 느껴졌지만 선우정아도 물러서지 않았다.

"같이 가게 해주세요. 이곳만 벗어나게 해주면 아빠, 엄마를 찾을 거예요."

정적이 감돌았다. 여인이 고개를 저었다. 그리고 순간 선우정아의 눈동자에서 분노와 증오, 슬픔이 일시에 터져 버렸다.

"왜! 나는 항상 기다려야 하는 건데?! 왜 나는 항상 데리고 가지 않는 건데?! 나도 갈 거야! 가게 해줘! 가게 해달라고!"

선우정아가 절규를 했다. 순식간에 시사회장이 짙은 침묵으로 물들었다.

"내 샌드위치. 내 샌드위치! 다 먹었잖아! 다 먹었는데! 왜, 왜!? 이름도 안 가르쳐 주는 건데?! 내가 무슨 잘못을 했다고! 차라리 죽여! 죽이고 가라고!"

신지혜의 신들린 연기가 불을 뿜고 있었다. 탁. 여인이 악기 케이스를 내려놓았다.

"흑화."

감정이 느껴지지 않는 서늘한 목소리였지만, 선우정아가 절규를 멈추었다.

"…흑화?"

흑화라는 이름의 여인이 고개를 끄덕였다.

"…흑화 언니, 나도 데려가 줘요. 이곳만 벗어나게 해줘요. 그럼 우리 아빠, 엄마를 찾아서……."

"네 부모는 죽었어."

"안 죽었어요. 이거? 다 거짓말이야!"

"마음대로 생각해. 내가 해줄 수 있는 건 이번이 마지막이었어. 네 잘난 샌드위치 값은 충분히 했으니까 여기서 나가."

"안 나가요. 못 나가!"

흑화가 냉정한 눈동자로 선우정아를 응시했다.

"그럼 내가 널 죽일 거야."

"그래, 죽여! 죽이고 가!

선우정아가 광기를 터뜨렸다. 흑화가 선우정아의 앞으로 섰다. 그리고 총을 들어 이마를 겨누었다. 서늘한 총구의 감촉에도 선우정아는 두 눈을 치켜뜨고 흑화를 노려보았다.

두 사람 간에 팽팽한 긴장감이 휘몰아쳤다.

"네가 뭔데?"

싸늘한 음성이 방 안의 공기를 압축시켰다. 흑화가 다시 물었다.

"내가 너한테 뭔데?"

"아는 언니. 아는 언니잖아요! 그래서 언니도 날 구해준 거잖아요."

그렇게 말하며 선우정아가 주르륵 눈물을 흘렸다.

"……!"

흑화의 눈동자가 흔들림과 동시에 컷이 바뀌며 영화의 타이틀 '아는 언니'가 스크린의 중앙으로 떠올랐다.

잠시 정적이 감돌았다. 샤인이 홀로 일어나서 조용히 박수를 쳤다. 뒤이어 시사회장의 모든 사람들이 일제히 일어나 기립 박수를 터뜨렸다.

현우가 조용히 웃고 있었다.

오프닝부터 시사회장을 찾은 VIP들과 관객들이 송지유와 신지혜의 신들린 연기에 압도를 당하고 있었다. 계속해서 박수가 쏟아졌다.

대사 한 마디 없이 오직 표정과 분위기만으로 흑화라는 캐릭터를 창조해 낸 송지유였다. 국민 소녀로서의 송지유는 없었다. 정체를 알 수 없는 흑화라는 캐릭터를 송지유가 완벽하게 소화하고 있었다.

압권은 신지혜였다. 벽을 사이로 두고 펼쳐진 대화 장면에서 보여준 감정은 어린 아역 배우의 수준이 아니었다. 광기를 터뜨리는 장면에선 정말이지 미친 연기라고 할 수 있었다.

두 배우의 치열하고 신들린 연기력 싸움에 이미 시사회장은 '아는 언니'에 정신없이 빠져든 상황이었다.

"후우……."

현우도 가만히 자리에서 일어나 박수 대열에 동참했다. 그리고 손태명을 보며 씩 웃었다.

"봤냐?"

"봤지."

현우가 다시 입을 열었다.

"가족 콘서트 성대하게 한번 열어보자, 태명아."

"그래. 이번에는 내가 진 걸로 치자."

현우와 손태명이 서로 손을 굳게 맞잡으며 웃었다.

영화는 끝이 났다. 2시간 30분이라는 짧지 않은 러닝타임을 가지고 있었지만 시사회장을 찾은 VIP들과 관객들은 아직도 여운에서 빠져나오지 못하고 있었다.

옆옆 자리에 앉아 있던 샤인이 현우를 향해 눈을 찡긋해 보였다. 대충 무슨 의미인지 알았기에 현우도 씩 마주 웃고 말았다.

그사이 스크린엔 '아는 언니'의 타이틀과 함께 송지유와 신지혜의 이름이 가장 먼저 올라왔다. 송지유와 신지혜를 유난히 아끼는 장삼우 감독의 배려였다. 뒤이어 장삼우 감독을 비롯해 여러 스태프의 이름이 차례차례로 올라왔다.

엔딩 크레딧이 끝나갈 무렵 갑자기 화면이 바뀌자 관객들이 눈을 크게 떴다. 예고 없이 짧은 떡밥을 던지는 '쿠키 영상'이 흘러나왔기 때문이었다.

또각또각, 또각또각. 오프닝 화면에서처럼 구두 소리가 구룡성채의 뒷골목 안에 울려 퍼지기 시작했다. 구두 소리는 허름한 불법 주거지까지 이어졌다. 무너져 가는 계단을 지나자 오프닝 화면에서 처음 등장했던 기다란 복도가 펼쳐졌다.

또각또각, 끼이익. 구두 소리가 멈추며 305호의 문이 열렸다. 방 안에서 잠을 청하고 있던 노숙자가 눈을 크게 떴다.

철컥. 말없이 다시 문이 닫혔다.

또각또각, 끼이익. 이번에는 304호의 문이 열렸다. 철컥, 다시 말없이 문이 닫혔다. 303호에서도 마찬가지였다. 그러다 발걸음이 302호에서 멈추었다. 끼이익, 문이 열렸다. 오래되어

변색된 핏자국이 사방에 남아 있었다.

한 여인이 몸을 숙여 손으로 바닥에 남은 핏자국을 슥 매만졌다. 검은색 가죽옷에 날렵한 몸매의 소유자였지만 송지유가 연기하는 흑화는 절대 아니었다.

카메라가 얼굴을 교묘하게 보여주지 않고 있었다.

"누구지?"

"뭐지? 누군데?"

관객들이 작은 목소리로 의아함을 나타내고 있을 무렵 302호의 문이 닫혔다. 그리고 카메라가 301호라고 적힌 문을 클로즈업으로 잡았다.

핏기 하나 없는 손이 301호의 문고리를 열었다. 끼이익, 문이 열리자 안에 있던 노숙자가 비명을 질렀다.

"누, 누구요!"

의문스러운 여성의 뒷모습을 카메라가 잡았다. 탄력 넘치고 날렵한 몸매에 작은 얼굴의 소유자. 뒤로 질끈 묶은 머리가 인상적이었다.

"어디로 갔어?"

흑화의 무감정하고 서늘한 목소리와 다르게 이 여인의 목소리에서는 짙은 농염함이 느껴졌다.

"그 미친년은 여기 없어! 사라졌다고! 꼬마 여자애랑 얼마 전에 갑자기 사라졌어! 다, 당신은 또 누군데?"

"나?"

카메라가 마치 빨려들 듯 여인의 얼굴을 정면으로 잡았다. 여인이 사이한 미소를 흘리며 입을 열었다.

"아는 언니."

탕! 거칠게 문이 닫히자 관객들이 깜짝 놀랐다. 일부 여성 관객은 그만 비명까지 지르고 말았다.

그렇게 순식간에 쿠키 영상이 사라져 버렸다. 그와 동시에 관객들이 뒤늦은 탄성을 터뜨렸다. 마지막에 등장한 여인의 정체가 서유희였기 때문이다.

"대, 대박!"

여기저기서 말들이 오고갔다.

시사회장이 잠시 어둠에 물들었다. 그리고 조명이 켜지며 스크린 앞으로 송지유와 신지혜가 나타났다.

송지유와 신지혜가 꾸벅 고개를 숙여 감사 인사를 전했다. 이번에도 역시 샤인이 먼저 자리에서 일어나 박수를 보내기 시작했다.

관객들도 자리를 뜨지 않고 다시 한번 기립 박수를 보내어 왔다.

한동안 박수는 그칠 줄을 몰랐다. 단순한 팬심에서 나온 박수가 아니었다. 영화를 좋아하는 영화 팬으로서 송지유와 신지혜 두 배우에게 보내는 진심이었다.

　　　　*　　　　　*　　　　　*

"아, 아니, 대표님! 이렇게 그냥 상해로 가실 겁니까? 예?"

"10분만 이야기를 나누고 가시죠! 대표님! 대표님!"

CVG 압구정 지점을 벗어나고 있는 현우 일행을 뒤따라오며 CV E&M 관계자들이 계속해서 말을 걸어왔다.

"대표님! 이렇게 그냥 가시면 죄송해서 정말 어쩝니까?"

정근식 팀장, 아니, 이제는 부장이 된 그가 결국 현우 일행의 앞을 가로막았다. 다른 직원들도 서둘러 정근식 부장을 도왔다.

현우가 살짝 얼굴을 찌푸렸다.

"후우… 더 할 이야기가 뭐가 남아 있습니까? 시사회도 순조롭게 끝이 났고, 남은 건 중국 상해 시사회인데, 비행기 시간까지 그리 많이 남지 않았다니까요?"

"그래도 오해는 풀고 가서야 할 거 아닙니까?"

"부장님! 상해 시사회 끝나고 이야기하시죠, 네?"

김미영 팀장이 애써 사정을 했다. 정근식 부장이 고개를 저었다.

"김미영 팀장! 이러기야? 자네 소속이 어디야, 응?"

"……"

김미영 팀장이 더 이상 대답을 하지 못했다.

"비키시죠. 추후 일은 추후에 논의하겠습니다."

손태명이 차갑게 말을 했다. 현우가 먼저 걸음을 떼었다. 최호연과 수호 팀이 서둘러 현우 일행을 빙 둘러쌌다. 다가오지 말라는 무언의 메시지였다.

결국 정근식 부장과 CV E&M 관계자들은 길을 터줄 수밖에 없었다.

점점 멀어지는 현우 일행을 보며 정근식 부장이 발을 동동 굴렀지만 소용이 없었다.

VIP 주차장으로 내려오며 현우가 거칠게 넥타이를 풀었다.

"분명히 후반기 작업 확인하고 편집본도 확인했잖아? 그런데 이제 와서 왜 이러는 건데?"

"시사회 반응 보고 촉이 온 거겠지. 나름 대기업이라고, CV도."

"누가 그걸 모르냐? 근데 너무 속 보이잖아. 이제 와서 밥숟가락 하나 더 얹으려고 혈안이다, 아주 혈안이야."

현우가 분을 삭이지 못했다. 시사회 내내 불편해 보이더니 시사회가 끝나자마자 쪼르르 달려와서 온갖 제안을 늘어놓고 있었다.

더욱 화가 나는 건 어울림 벚꽃 콘서트를 CV E&M에서 후원을 하겠다는 말이었다. 그렇다는 것은 CV E&M 쪽에서도

'아는 언니'가 크게 흥행을 할 가능성이 높다는 것을 인정했다는 말이었다. 그리고 여기에 그치지 않고 후원사를 자처하며 이미지 회복도 염두를 해두고 있었다.

"문제는 너무 늦었다는 거죠. 진짜 제가 어지간하면 이런 말 안 하는데 토악질이 나옵니다. 안 그렇습니까, 형님?"

최영진도 분통을 터뜨리며 현우에게 말했다. 현우가 고개를 끄덕였다.

"절대 지들 손해는 안 보겠다는 말이야. 뭐 이해는 해. 영화가 잘되는지, 안 되는지에 따라서 극명하게 이득과 손실이 갈리니까. 하지만 사업도 결국은 사람이 하는 거야. 비즈니스 파트너한테 이 따위로 대하는 경우가 어디에 있어? 이러니까 갑질, 갑질 하는 거 아니겠냐고."

"그건 네 말이 맞지. 극한의 이득을 고집하는 너보다 한 수 위다, 현우야."

손태명이 현우의 말에 공감을 했다.

그때였다. 신지혜가 현우의 팔을 잡고 흔들었다. 현우가 고개를 돌렸다.

"삼촌, 이거 마셔. 아까 어떤 언니가 삼촌 팬이라고 주랬어."

"그래?"

마침 목이 타던 상황이었다. 현우가 급히 텀블러에 담긴 음료수를 마시기 시작했다. 그러다 얼굴이 묘하게 변했다.

"이거 뭐야? 시금치 맛 나는데?"

뒤늦게 텀블러를 살펴보자 초록색 덩어리들이 둥둥 떠다녔다. 현우가 헛웃음을 흘렸다. 건강엔 좋을지 몰라도… 맛은 정말로 시금치 맛이었다.

최영진이 큭큭, 웃음을 참았다. 느닷없는 상황에 결국 다들 웃음이 터진 것이다. 현우도 그냥 하하 웃어버렸다. 이름 모를 팬 덕분에 화가 가라앉았다.

"어떤 팬분인지는 모르지만 타이밍 한번 절묘하네."

"이제 화 다 풀렸어요?"

송지유가 물었다.

"뭐, 응. 너랑 지혜가 고생한 것들이 하나둘 생각나니까 화가 나더라고."

현우의 말 한마디에 송지유도 신지혜도 피곤함이 단번에 씻겨가는 것 같았다.

"삼촌은 진짜 말 예쁘게 잘해. 그래서 삼촌 앞에서는 투정도 못 부리겠다니까? 그렇지, 언니?"

"응."

송지유가 작게 웃으며 말했다. 국내 시사회가 끝나고 제대로 쉬지도 못했다. 바로 상해로 갔다가 추후 일정을 픽스해야 했다. 그렇게 피곤하고 힘들던 찰나에 현우의 말 한마디가 기분을 풀어주었다.

"들켰나?"

현우가 너털웃음을 흘렸다.

김현우. 그야말로 마성의 매니저였다.

*　　　　*　　　　*

[홍콩 느와르 거장의 귀환! 21세기 판 영웅본색의 탄생!]

[국민 소녀 송지유는 없었다. 그곳에는 흑화가 있었을 뿐!]

[연기 신동 신지혜, 12살 배우의 신들린 연기! 국민 소녀 송지유 뒤를 잇나?]

[문화 평론가 곽일산, 한국 영화 시장에 오랜만에 명작이 탄생했다 밝혀!]

[월드 스타 샤인! '아는 언니' 시사회장에서 기립 박수! 송지유, 충분히 할리우드에서 통한다!]

['아는 언니' 시사회 후 호평 줄이어, 입소문 타기 시작!]

—시사회 다녀온 1인. 그냥 보세요. 오프닝부터 영화 엔딩 크레딧이 끝날 때까지 입 벌리고, 넋 놓고 봄. 스크린 속에서의 송지유는 비주얼이고 연기고 그냥 다 미쳤음. 그리고 신지혜가 비밀 병기임. 기대도 안 했는데 우리나라에 연기 천재 한 명 나옴 ㅋㅋ 일단 보면 내 말이 뭔 말인지 알 거임.

—아는 언니 시사회 보고 왔습니다. 위에 분이 너무 말씀을 잘

하셔서 저는 짧게 말하겠습니다. 어울림이 어울림 했습니다.

─ㅇㅈ 어울림이 어울림 했을 뿐 ㅋㅋㅋ

─내일 개봉하면 또 보러 갈 거예요. 그리고 끝까지 영화 꼭 보세요! ㅋㅋ

─신의 노래 ㅋㅋ 한숨 나온다. 힘내요! ㅋㅋ

─여러분 벚꽃 콘서트 예약 서두르세요!^^

─ㅋㅋㅋㅋ 자선 콘서트만 기다리고 있을게요!

─김태식 씨, 또 말이 씨가 되었죠? ㅋㅋㅋㅋㅋ

"재밌는 사람들 참 많네."

현우가 노트북을 들여다보며 씩 웃었다. 포털 사이트뿐만 아니라 여러 많은 커뮤니티에서 '아는 언니'에 대한 입소문이 들불처럼 퍼져가고 있었다. 그야말로 극찬에 극찬, 호평에 호평이 줄을 잇고 있었다.

뭐랄까. 엄청난 성취감이 몰려들었다. 비행기 창문 아래 보이는 구름 사이를 날아다니는 기분이 들었다.

"형님, 보시죠."

상기된 표정의 최영진이 테이블 위에 노트북을 올려놓았다. 국내 영화 커뮤니티 사이트 중 가장 유명한 곳이 노트북 화면 속에 떠올라 있었다.

골수 영화 팬들답게 '아는 언니' 시사회를 다녀온 회원이 벌써 여러 개의 후기 글을 남겨놓은 상태였다.

딸깍. 현우가 가장 많은 추천을 받은 글을 클릭해 보았다. 영화 커뮤니티 회원답게 스포일러는 전혀 없었다. 연출과 시나리오, 조명, 음향, 연기, 편집 부분을 세세히 평가하고 있었는데 모든 부분에서 8점 이상의 고평점을 주고 있었다. 특히 연기 부분에서는 극찬을 아끼지 않고 있었다.

특히 마지막 한 줄이 눈에 띄었다.

[어쩌면 당당하게 한국 배우의 이름이 세계적인 할리우드 작품에 걸릴 수 있는 날이 오지 않을까 싶습니다. 배우 송지유를 응원하겠습니다.]

현우가 슥 잠들어 있는 송지유를 쳐다보았다. 화류 영화사 측에서 전세기를 보내준 덕분에 상해까지 편히 휴식을 취하고 있었다.

"그나저나 전세기까지 보내줬단 말이지."

"그러니까요, 형님. 지유가 대단하긴 하죠? 덕분에 전세기까지 타고 말입니다."

상해 프로모션과 북경 CATV '연애 대열차' 출연 후, 화류 영화사 측에서는 송지유를 귀빈 모시듯 하고 있었다. 오늘 있었던 국내 시사회에도 큰 관심을 놓치지 않고 화류 영화사 직원들이 파견을 나와 있었다.

"태명아, 화류 영화사 쪽 연락은?"

"이미 스탠바이 대기 중이란다. 그리고 사진을 보내줬어. 메일에 있으니까 한번 확인해 봐."

"오케이."

현우가 메일을 열어보았다. 딸깍, 메일을 클릭하자 화류 영화사 소유의 화류 쇼핑몰이 등장했다.

"헉."

함께 노트북을 들여다보던 최영진이 화들짝 놀랐다. 거대 쇼핑몰의 정중앙에 '아는 언니'의 중국판 포스터가 걸려 있었다. 문제는 크기였다. 그야말로 초대형 포스터였다.

"이게 제작이 가능해?"

현우가 혀를 내둘렀다.

"형님, 가능하죠. 대륙이니까요."

최영진도 신기함을 감추지 못했다.

"이제 남은 건 중국인가?"

사실 미국은 개봉에 의의를 두고 있었다. 중요한 시장은 한국과 중화권이었다. 국내 시사회는 성공적으로 마친 상태였다. 남은 건 중국 시장의 반응이었다.

"형님, 떨리세요?"

최영진이 물었다. 현우가 고개를 저었다.

"아니, 떨리지 않아. 너도 오늘 시사회 반응 봤잖아? 문화는 만국 공통어야. 문맹이 아닌 이상 걱정할 건 없을걸?"

"문맹요?"

"그 문맹 말고, 문화적 맹인을 말하는 거다."

"아하. 그걸 또 문맹이라고 말씀하시는 거군요."

최영진이 현우의 말을 몇 번이나 곱씹었다.

그사이 전세기가 상해 푸동 공항과 가까워지고 있었다.

『내 손끝의 탑스타』 14권에 계속…

초대형 24시 만화방

신간 100%, 샤워실, 흡연실, 수면실(침대석), 커플석, 세탁기 완비

■ 광명 광명사거리역점 ■

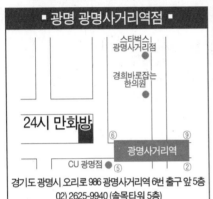

경기도 광명시 오리로 986 광명사거리역 6번 출구 앞 5층
02) 2625-9940 (솔목타워 5층)

■ 강북 노원역점 ■

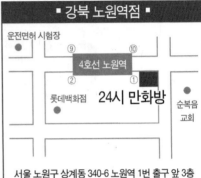

서울 노원구 상계동 340-6 노원역 1번 출구 앞 3층
02) 951-8324 (화용빌딩 3층)

■ 일산 정발산역점 ■

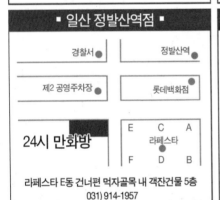

라페스타 E동 건너편 먹자골목 내 객잔건물 5층
031) 914-1957

■ 일산 화정역점 ■

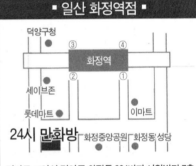

경기도 고양시 덕양구 화정동 984번지 서일빌딩 7층
031) 979-4874 (서일사우나 건물 7층)

■ 부천 역곡역점 ■

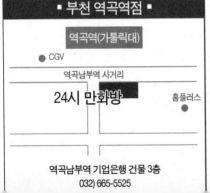

역곡남부역 기업은행 건물 3층
032) 665-5525

■ 부평역점 ■

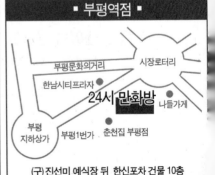

(구) 진선미 예식장 뒤 한신포차 건물 10층
032) 522-2871